तत्वज्ञाता

डॉ. शीश शिवरूपम्

Made with ♥ on the Notion Press Platform
www.notionpress.com

हमारे प्रिय बच्चों

सार्थक और प्रकृति

को

समर्पित I

क्रम-सूची

क्रम-सूची

प्रस्तावना

"द प्रोफेट " नाम से सन् 1923 में अंग्रेजी में छपी पुस्तक 101 वर्ष का लम्बा सफ़र तय कर चुकी हैI परन्तु समय के साथ इस पुस्तक की लोकप्रियता बढ़ती ही जा रही है I इस पुस्तक के लेखक लेबनान मूल के अमरीकी महान चित्रकार और दार्शनिक *खलील जिब्रान* हैं I मूलतः वह चित्रकार थे , उनकी लगभग 700 कलाकृतियाँ हैं , परन्तु खास बात यह है कि उनकी प्रसिद्धि का कारण यह पुस्तक है I इस पुस्तक में सम्मिलित उनकी कलाकृतियाँ जो कि एक रहस्यवादी शैली की चित्रकारी को दर्शाती हैI यह चित्र शब्दों की अभिव्यक्ति में एक और आयाम जोड़ देती हैं I

यह हमारा सौभाग्य है कि हम इस पुस्तक के सानिध्य में गत 30 वर्षों से हैं I अब इस पुस्तक के विचार हमारे जीवन का एक आधार हैंI किसी पत्रिका में छपे *खलील जिब्रान* के उद्धरण को पढ़ने पर इस पुस्तक से हमारा परिचय हुआ था I उस समय शायद हमें कुछ ही बातें समझ आयीं लेकिन धीरे-धीरे समझ बढ़ी और हमें लेखक की भावनाओं का आभास हुआ I

कई पुस्तकें ऐसी होती हैं जिन्हें आप एक बार पढ़ते हैं , जो भी आपकी उन से अपेक्षाएं होतीं हैं एक बार में ही पूरी हो जाती हैं और आपकी उन्हें दोबारा पढ़ने की इच्छा नहीं होती I लेकिन कुछ ऐसी होती हैं जिन्हें आप जितनी बार पढ़ते हैं कुछ नया मिलता है I यह पुस्तक उन में से एक है I

अगर आप इस पुस्तक को सचमुच गहराई से अनुभव करना चाहते हैं तो एक समय में किसी एक विषय को उठाएं जो कि आपकी मौजूदा परिस्थिति से संबंधित हो, आप बस उसे पढ़ें और फिर देर तक उस पर मंथन करें I यह पुस्तक ऐसी है कि आप इसे पढ़ेंगे कम लेकिन विचारेंगे ज्यादा I आप जितनी गहराई से सोचेंगे, उससे भी आगे, जितनी गहराई से इन शब्दों के मायने आपके हृदय में उतरेंगे तो ऐसा लगेगा कि काश! मुझे इस बात की अनुभूति इससे पहले हो जाती तो मेरे जीवन की धारा

ही कुछ और होती I

आज का समाज ईर्ष्या, क्रोध ,लालच ,अहंकार और भय इत्यादि से भरा हुआ हैI तकनीकी इतनी तेजी से बढ़ रही है कि हमारी सोच में, हमारे रहन-सहन में कितने ही बदलाव आ गए हैं I हम लोग आज भौतिक चीजों से इतने ज्यादा जुड़े हुए हैं कि ऐसे में जब कभी इस तरह की कोई पुस्तक हाथ आती है तो ऐसा लगता है कि इसमें कही बातें किसी दूसरे लोक की हैं I

आज दुनिया भर में अपना वर्चस्व कायम करने के लिए तमाम जगहों पर संघर्ष चल रहा है, कई देश तबाह हो चुके हैं, लाखों बेघर हो चुके हैं और बहुत से लोगों को दो वक्त का खाना भी ढंग से नसीब नहीं हैI जब हम इस तरह की दुनिया को देखते हैं तो इस किताब में पुस्तक में लिखे विचार कई बार अर्थहीन से लगते हैं, ऐसा लगता है कि जैसे लेखक जो बातें कह रहा है वह इस जगत की है ही नहींI

वह प्रेम की बात कहता है, वह बराबरी की बात कहता है, वह किसी में कोई अवगुण नहीं देखता, वह कहता है कि सभी लोग दिव्यता को लिए हुए हैं और जो बुरे हैं उनकी बुराई सिर्फ और सिर्फ दिव्यता में हल्का सा परिवर्तन हैI वह कहता है कि कोई मनुष्य अपने आप में बुरा नहीं होता बल्कि उसकी बुराई में पूरे समाज की भागीदारी होती है I

इस भागती-दौड़ती दुनिया को देखकर हमें लगता है, जैसे यही अंतिम सत्य है और हमें ऐसा इसलिए लगता है क्योंकि हम रोज इसी दुनिया की चक्की में पिसते हैं और हम देखते हैं कि जो भी दुनिया में शक्तिशाली लोग हैं जिन्हें हम निर्णायक लोग कह सकते हैं, वह लोग जो सत्ता को चलाते हैं और बड़े-बड़े व्यापार चलाते हैं, सारी शक्ति उन लोगों के हाथ में हैं, हम सिर्फ एक कठपुतली हैं, और दिए हुए समाज में सिर्फ एक नगण्य अंश हैं I

लेकिन जब हम बैठकर गहराई से सोचेंगे और अनुभव करेंगे तो हमें पता चलेगा कि इस भागती -दौड़ती दुनिया की गहराई में एक और दुनिया छिपी है ,या फिर हम कह सकते हैं कि जिसको हम सब कुछ मान बैठे हैं वह मात्र स्थूल सत्य है और उससे भी बड़ा गहन सत्य हमारे भीतर है, जो सृष्टि में विद्यमान हैI हम चाहे अपने आप को कितना

ही शक्तिशाली मानें लेकिन प्रकृति की शक्ति के सामने बलशाली से बलशाली मनुष्य भी शून्य बराबर है और यह भी सत्य है कि अगर हम प्रकृति के नियमों के साथ बहते हैं तो हमारी शक्ति भी असीमित हो जाती है I कहीं न कहीं यह पुस्तक हमें उस गहन सत्य से परिचित करवाती है I

इस किताब का अनुवाद करना हमारे लिए एक अनूठा अनुभव रहा है I कई बार पढ़ने के बाद यह पुस्तक लगभग आत्मसात हो चुकी है और यह स्वाभाविक लगा कि क्यों न इसका हिंदी अनुवाद किया जाए I

कार्य कठिन था ,कई कारणों से- एक सदी पुरानी अंग्रेजी, अलग सांकृतिक परिवेश और सबसे कठिन पहलू था कि यह रचना न तो शुद्ध रूप से पद्य थी और न ही गद्य I यह थी, गद्य रूप में लिखा हुआ पद्य I जो विचारों को प्रस्तुत करने की एक जटिल विधि थी I परंतु यही जटिलता ही इसे महान रचना बनाती हैI पाठक को कोशिश करनी पड़ती है, शब्द से उसके मर्म तक पहुंचने के लिए I

30 वर्षों के सानिध्य के बाद ही इसका अनुवाद करने का दुस्साहस कर पाए हैंI

इस बात पर विशेष बल रहा कि रचनाकार की मूल भावना संरक्षित रहेI इस कोशिश में दो वर्ष लगे, उचित शब्द खोजने और पिरोने में I

हमारा मन हर्षित है इस पुस्तक के प्रथम संस्करण के 100 वर्ष पूरे होने पर, ,हम इस हिंदी अनुवाद को महान दार्शनिक खलील जिब्रान को श्रद्धांजलि के रूप में प्रस्तुत करते हैं I

इस आशा से हिंदी पाठकों को भेंट करते हैं कि आप भी अपने लिए इसमें से कुछ न कुछ खोज ही लेंगे I

डॉ. शीश शिवरूपम्

डॉ. रोहिणी

#अक्षरम्, ११०-ब /१ , गोबिंद नगर ,

अम्बाला छावनी,

भारत I

sheeshshivaroopam@gmail.com

0.जलयान का आगमन

अल्मुस्तफा,चुनिन्दा और प्रियतम, जो अपने दिन का सवेरा स्वयं था, बारह वर्षों तक उसने ओर्फलीज़ नगर में उस जलयान का लम्बा इंतज़ार किया था जो उसे पुनः उस द्वीप पर ले जाने के लिए आ रहा था जो उसकी जन्म स्थली थीI

और बारहवें साल में ईलूल माह, यहाँ फ़सल कटाई की ऋतु, के सातवें दिन वह नगर की चारदीवारी के पार वाली पहाड़ी पर चढ़ा और सागर की तरफ नज़र दौड़ाई, उसे अपना जलयान समुद्री कोहरे से निकलता दिखाई दिया, वह उसे निहारता रहाI

तभी, उसे महसूस हुआ, जैसे कि उसके ह्रदय के द्वार धक्के से खुल गए हैं, और उसका आनंद उड़ दूर तक सागर में फ़ैल गयाI उसने अपनी आंखें मूँद ली और आत्म पथ पर मौनमय प्रार्थना करने लगाI

फिर ज्यों ही वह पहाड़ी से उतरने लगा, उसका मन भर आया और वह मन में सोचने लगा:

मैं यहाँ से शांत मन से; बिना दुःख लिए, कैसे जा सकता हूँ? नहीं, ऐसा नहीं हो सकता, कि मैं इस नगर को छोड़ जाऊं; वह भी आत्मघात लिए बिना I

इस चारदीवारी में मैंने दर्द में डूबे दिन बिताये हैं और एकाकी भरी लम्बी रातें बिताईं हैं I

कौन अपने पीड़ा और एकांत से पृथक हो सकता है वह भी बिना व्यथित हुए?

इन गलियों में मैंने अपने चैतन्य के अनन्त कण बिखराये हैं, मेरी तृष्णाओं के प्रतीक, असंख्य नन्हे शिशु निर्वस्त्र और स्वछन्द इस पहाड़ी की पगडंडियों पर खेल रहे हैं I

मैं उन सब को; ह्रदयमें भार लिए बिना तथा बिना पीड़ा अनुभव किए ,स्वयं से भिन्न नहीं कर सकता I

यह कोई वस्त्र नहीं, जिन्हें मैं आज उतार फेंकूँ, बल्कि यह तो मेरी त्वचा है जिसे मुझे स्वयं अपने हाथों से कुरेदना है I न ही यह कोई विचार

हैं, जिसे मैं अपने पीछे छोड़े जा रहा हूँ, बल्कि यह एक हृदय है, जिसे भूख और प्यास ने मिठास से भर दिया है I

फिर भी मैं और नहीं ठहर सकता I

यह अनंत महासागर जो सब को अपनी ओर पुकारता है, आज मुझे भी पुकार रहा है I और मुझे भी प्रस्थान करना ही पड़ेगा I

जब गतिमान समय आपको; अपनी गर्म आगोश में ले कर चलने की प्रेरणा देता हो, उस समय रुकने का अर्थ है बर्फ सा जम जाना और जड़ीभूत हो सांचे में बंध जाना I

जी तो चाहता है; कि यहाँ का सब कुछ अपने साथ ले लूं, पर मैं यह कैसे करूं?

वाणी जिह्वा और ओष्ठों से, अपनी उड़ान भरती है, पर वह वाणी जिह्वा और ओष्ठों को अपनी उड़ान का साथी नहीं बना सकती, उसे तो अकेले ही आकाश की यात्रा पर निकलना पड़ता है I जैसे अपना घोंसला छोड़, आकाश की ऊँचाइयों में सूर्य की ओर; गरुड़ को अकेले ही उड़ना होता है I

अब, जब वह पहाड़ी की तलहटी पर पहुँचता है तो वह पुनः समुद्र की तरफ ताकता है और पाता है कि उसका जलयान बन्दरगाह के निकट पहुँच रहा है ,जलयान के अगले भाग पर कुछ मल्लाह, उसके अपने वतन के लोग बैठे हुए थे I

उन्हें देख उसकी आत्मा पुकार उठती है:

हे मेरी सनातन माँ की संतानों! वो सागर की तरंगों और तूफानों की सवारी करने वालो!

न जाने कितनी बार तुम लोग मेरे स्वप्नों में नौका-विहार करते हुए आए हो I

और अब तुम मेरी जाग्रत अवस्था में आए हो, जो कि मेरे लिए और भी गहरा स्वप्न है I

मैं चलने को तैयार हूँ, मेरा उतावलापन और जलयान के पूरी तरह से खुले हुए पाल, सिर्फ पवन वेग की प्रतीक्षा में हैं I

केवल एक और गहरी सांस भरूँगा इस ठहरी हुई सी पवन में, केवल एक और चाहत भरी दृष्टि से पीछे निहारूंगा और तब मैं स्वयं को तुम

लोगों के बीच पाऊँगा, समुद्री यात्रियों में एक और यात्री की तरह I

और तू विशाल सागर, निंद्रा-विहीन माँ, एकमात्र तुम ही, नदियों और जलधाराओं के लिए शांति और मुक्ति की शरणस्थली हो I

यह जलधारा सिर्फ एक बार फिर बल खाएगी, इस वन-मार्ग पर एक बार फिर से चहचहाहट होगी और तब मैं तुम्हें पा ही लूँगा, एक असीम बिन्दु, एक असीम महासागर कोI

यह सब सोचते हुए जब वह चल रहा था, उसने देखा कि दूर स्त्री-पुरुष अपने खेत खलियान और अंगूरों के बागीचों को छोड़कर नगर द्वार की तरफ जल्दी से बढे चले आ रहे हैं I

उनकी बातों में उसने अपने नाम की चर्चा सुनी, वे लोग एक खेत से दूसरे खेत में चिल्ला कर, एक दूसरे को जलयान के आने का समाचार दे रहे थे I

तब उस ने अपने आप से कहा:

क्या यह विछोह का दिन भी मिलन का एक अवसर बनेगा?

क्या यह कहा जाएगा कि मेरी सांझ की बेला; वास्तव में मेरी सुबह थी I

उन्हें मैं क्या दे पाऊँगा, जो मुझ से मिलने की आतुरता में खेत में चलते हल को और अंगूर का रस निकालने वाले चलते कोल्हू को बीच में ही छोड़ आये हैं ?

क्या मेरा हृदय फलों से लदा हुआ वृक्ष बनेगा ताकि मैं उन फलों को इन लोगों में बाँट सकूं?

क्या मेरी अभिलाषाएं झरने की तरह बह उठेंगी ताकि मैं इनके प्याले भर सकूं?

क्या मैं वह वीणा हूँ जिसे दिव्य स्पर्श का इंतज़ार है, या एक बांसुरी हूँ जिसे उस पवित्र श्वास का इंतज़ार है जो मुझ से प्रवाहित होगी?

मैं मौन का साधक रहा हूँ और इस मौन में मुझे ऐसा क्या कोष मिला है जो मैं विश्वास से लुटा सकूं I

यदि यह मेरे फ़सल काटने का दिन है तो कोई बताये कि किन-किन खेतों में मैंने बीज बोये थे

और किन विस्मृत हुई ऋतुओं में बोये थे?

वास्तव में ; यदि यह मशाल को ऊँचा उठाने का समय है ;तो मुझमें वह ईंधन नहीं; जो इसे प्रज्वलित कर सके I

मैं तो अंधकारमयी ; बुझी मशाल को मात्र ऊपर उठाऊंगा और रात के संरक्षक दूत; ईंधन बन इसे स्वयं ही प्रज्वलित करेंगे I

इन बातों को उसने शब्दों में कहा पर बहुत कुछ उसके हृदय में अव्यक्त ही रह गया I क्यों कि वह स्वयं भी अपने भीतर छिपे गहनतम रहस्य को बोल न सका I

जैसे ही उसने नगर में प्रवेश किया, सभी लोग उस से मिलने आए , सब एक स्वर में उसे पुकार कर; जोर-जोर से रो रहे थे I

और पहले नगर के वृद्‌ध सामने आकर बोले, तुम अभी हमें छोड़कर मत जाओ I तुम हमारी संध्या में दोपहर बन कर रहे हो, तुम्हारे यौवन ने हमें स्वप्न देखने के लिए स्वप्न दिए हैं I

तुम हमारे बीच कोई अपरिचित नहीं हो और नहीं कोई अतिथि ,बल्कि हमारे पुत्र और प्राण-प्रिय हो I

अभी से हमारी आँखों को यह दण्ड न दो कि वह तुम्हारा मुख देखने की लालसा में तड़पें I

उसके बाद साधु–साध्विओं ने उससे कहा:

अभी तुम इन समुद्र की लहरों को हमारी विछोह का साधन न बनने दो, जो समय तुम ने हमारे साथ बिताया है उन्हें मात्र स्मृतियां न बनने दोI

तुम हमारे बीच प्राण वायु बन बहे हो, तुम्हारी छाया हमारे चेहरों पर आभा बनकर रही है I हम लोगों ने तुम से अत्यधिक प्रेम किया है, पर हमारा प्रेम निःशब्द था और कई आवरणों से ढका हुआ था I

किन्तु अब वह तुम पर जोर से चीख पड़ा है और तुमसे प्रत्यक्ष होने को है I

और ऐसा सदैव होता है कि विछोह का पल आने से पूर्व ,हमें अपने प्रेम की वास्तविक गहनता की अनुभूति नहीं होतीI

फिर और लोग भी आए, उन्होंने भी विनती की किन्तु उसने कोई उत्तर नहीं दिया केवल अपना सिर झुका दिया, जो समीप खड़े थे उन्होंने उसके सीने पर टपककर गिरते आँसू देखे I

इसके बाद वह और अन्य सभी लोग मंदिर के सामने वाले चौरास्ते की ओर बढ़े I

तब उस पुण्य स्थान से एक स्त्री बाहर आई I उसका नाम था अलमित्रा, वह भविष्य द्दष्टा थी I

उसने बड़ी कोमल द्दष्टि से उसे देखा, यह वही स्त्री थी जिसने सबसे पहले उसे पहचाना था और विश्वास किया था, जब उसे इस नगर में आए मात्र एक दिन हुआ था I

उस स्त्री ने यह कहते हुए उस का अभिनंदन किया:

हे प्रभु के पैगम्बर, परम् तत्त्व की खोज में, चिरकाल तक तुम अपने जलयान की खोज में दूर–दूर तक गए हो I

अब तुम्हारा जलयान आ पहुंचा है, अब तुम्हारा जाना जरूरी है I

तुम्हारी स्मृतिओं में बसे इस देश और विशाल अभिलाषाओं के आश्रय स्थान के प्रति तुम्हारी आसक्ति बहुत गहरी है Iऔर हमारा प्रेम तुम्हारा बंधन नहीं बनेगा, न ही हमारी आवश्यकताएं तुम्हें रोकेंगी I

फिर भी हम तुम से एक प्रार्थना करते हैं कि हमें छोड़कर जाने से पहले तुम हम से बात करो और अपने सत्य का परिचय हमसे कराओ I और फिर उस सत्य को हम अपनी संतानों को देंगे और वह अपनी आने वाली संतानों को और इस तरह यह सत्य सतत चलता रहेगाI

अपने एकांत में तुमने; हमारे दिनों को एकाग्रता से देखा है Iऔर अपनी जाग्रति में हमारी निद्रा का रुदन और हास्य सुना है I इसलिए तुम अब; हमें ही हमसे परिचित कराओ I

जीवन और मृत्यु के बीच जो कुछ है; और उसके विषय में जो कुछ भी तुम ने जाना है; वह हमें भी बताओ I

और उसने उत्तर दिया:

हे ओर्फलीज़ के लोगों! मैं तुम्हें क्या बता सकता हूँ, सिवाय उन बातों के जो इस समय भी तुम्हारे चित्त में उमड़ रही हैं I

1

प्रेम

तब अलमित्रा ने कहा हमें प्रेम के बारे में बताओ।

उसने आत्मीयता से सिर को उठाया और लोगों को निहारा, वहां लोगों में सन्नाटा छा गया, और फिर गंभीर वाणी में उसने कहा:

जब प्रेम तुम्हें पुकारता है ,बस उसके पीछे चल पड़ो, हालांकि उसके रास्ते मुश्किलों भरे और दुर्गम हैं और जब उसके पंख तुम्हारा आलिंगन चाहें तो स्वयं को समर्पित कर दो, चाहे उसके पंखों तले छुपी छुरियाँ तुम्हें रक्त-रंजित ही क्यों न कर दें I

और जो भी वह तुम से कहे उस पर विश्वास करो, चाहे उसकी बातें तुम्हारे स्वप्नों को उस तरह चकनाचूर ही क्यों न कर दें, जैसे उत्तर की शीत लहर उपवन को उजाड़ देती है I

प्रेम अगर तुम्हारे सिर पर राज मुकुट रख सकता है, तो वह तुम्हें फांसी पर भी चढ़ा सकता है I

यदि वह तुम्हारे विस्तार के लिए है तो तुम्हारी काट छाँट के लिए भी।

जिस तरह वह तुम्हारी ऊंचाइयों तक चढ़ कर, धूप में लहराती हुई तुम्हारी कोमलतम कोंपलों को सहलाता है, उसी तरह वह तुम्हारी जड़ों तक भी उतर जाता है और धरती से उनकी पकड़ को झिंझोड़ देता है I

प्रेम तुम्हें गेहूं की फ़सल के गट्ठे की तरह बटोरता है, फिर वह सतही मायावी आवरण चीर कर तुम्हें स्वयं के नग्न सत्य से प्रत्यक्ष करवाता है, ठीक वैसे ही जैसे अनाज को फटकारा जाता है उसका बाहरी छिलका

उतारने के लिए।

फिर वह तुम्हें रौंद्ता है ताकि तुम अपने सोम्यतम रूप में बदल जाओ जैसे की चक्की पीस कर दानों को श्वेत आटे में परिवर्तित कर देती है।

फिर प्रेम तुम्हें नर्म लचीला होने तक गूंथता है और आखिर में वह तुम्हें चूल्हे की पवित्र अग्नि में तपाता है और तुम पककर ईश्वर को लगने वाली भोग की थाल में सजने योग्य हो जाते हो

यह सब चीजें प्रेम तुम्हारे साथ इस लिए करेगा कि तुम अपने भीतर के रहस्यों को जान सको और इस बोध से जीवनमयी-हृदय का एक अंश बन सको।

परन्तु अगर तुम भयभीत होकर प्रेम के एक ही आयाम की कामना करते हो जिसमें सिर्फ शांति और सुख हो तो अच्छा यही है कि तुम अपनी नग्न आत्मा पर काया ओढ़ लो और उस खलिहान से भाग जाओ जहाँ प्रेम के मूसल तुम पर बरसने वाले हैं।

और वापिस चले जाओ अपने उसी ऋतु विहीन जगत में जहाँ तुम न पूर्णतया हँस पाओगे न पूर्णतया रो पाओगे।

प्रेम इसके अलावा कुछ और अर्पित नहीं करता कि वह आत्म आहुति दे और बदले में भी वह आत्म आहुति ही मांगता है।

प्रेम न ही किसी पर अधिकार जताता है ,न ही उसे कोई अपने अधिकार में रख सकता है।

क्यों कि प्रेम की अपनी सत्ता है और वह स्वयं में पूर्ण है।

जब तुम प्रेम करते हो तो तुम्हें यह नहीं कहना चाहिए कि ईश्वर मेरे हृदय में बसते हैं ,

बल्कि यह कहना चाहिए कि मैं ईश्वर के हृदय में बसता हूँ।

और यह सोचना व्यर्थ है कि तुम प्रेम की राह बना सकते हो , क्यों कि प्रेम अगर तुम्हें योग्य समझेगा तो स्वयं अपने तक पहुँचने का मार्ग तुम्हारे लिए तैयार करेगा।

प्रेम की इस के अलावा कोई और अभिलाषा नहीं कि वह अपनी खोज में स्वयं को ही प्राप्त कर ले।

लेकिन फिर भी ,अगर तुम प्रेम करो और इच्छाएं करना तुम्हारी आवश्यकताएँ ही बन जाएँ, तो तुम्हारी वह इच्छाएं यह हों:

द्रवित होकर बहती नदी बन जाना, जो मौन रात को अपना मधुर गीत सुनाती है या फिर संवेदनशीलता के चरम की पीड़ा को अनुभूति करना।

अपनी चित्त में जागृत हुए प्रेम भाव की छुहन से स्वयं को घायल कर लेना और स्वेच्छा से उन रक्त -बहाते घावों का आनंद लेना।

सुबह हर्षित मन से उठना और एक और प्रेम दिवस पाने पर मन से कृतज्ञ होना।

दोपहर में तसल्ली से प्रेम आनन्द में तल्लीन हो जाना।

और साँझ को कृतज्ञता भरे मन से घर लौटना और अपने प्रियतम की प्रशंसा के गीत गाते हुए उसके लिए प्रार्थना करते हुए नींद की गोद में चले जाना।

2

विवाह

तब अलमित्रा पुनः निवेदन करते हुए कहती है:

और विवाह के बारे में क्या कहेंगे, महात्मन्?

और उसने जवाब देते हुए कहा:

तुम दोनों एक साथ जन्मे थे और हमेशा साथ ही रहोगे।

तुम तब भी साथ ही रहोगे जब मौत के सफ़ेद पंख तुम्हारे जीवन को बिखरा देंगे।

सचमुच, यहाँ तक कि परमात्मा की मौन स्मृति में भी तुम एक साथ होगे।

परन्तु तुम्हारे इस साथ में भी, एक दूरी बनी रहे।

और स्वर्ग की हवाएं तुम दोनों के बीच नृत्य करें।

एक दूसरे को प्रेम करो पर प्रेम को बंधन न बनने दो।

बल्कि तुम दोनों की आत्माओं के किनारों के बीच एक उमड़ता हुआ सागर हो।

एक दूसरे का प्याला भरो पर एक ही प्याले से मत पियो।

एक दूसरे को अपने भोजन का हिस्सा दो पर दोनों एक ही कौर मत खाओ।

एक साथ, गाओ, नृत्य करो और उल्लास मनाओ पर एक दूसरे को एकांत में रहने दो।

जैसे कि वीणा के तार भिन्न-भिन्न हो कर भी एक साथ कम्पित हो कर एक ही धुन में बजते हैं।

अपना हृदय दूसरे को अर्पित कर दें, पर एक दूसरे के संरक्षण में नहीं, क्यों कि, केवल जीवन की मुट्ठी में ही तुम्हारे हृदय समा सकते हैं।

और एक दूसरे के साथ खड़े हों पर बहुत निकट नहीं।

क्यों कि मंदिर के स्तंभ दूरी पर ही खड़े होते हैं और शाहबलूत तथा सरू के वृक्ष एक दूसरे की छाया में कभी नहीं बढ़ते।

3

सन्तान

और फिर एक महिला बोली, जिसने एक बालक को सीने से लगा रखा था, हमें संतानों के बारे में बताओ।

और उसने कहा:

तुम्हारी संतानें तुम्हारी नहीं हैं।

वे तो जीवन की जीवित रहने की लालसा की पुत्र-पुत्रियाँ हैं।

वह तुम्हारे माध्यम से आए हैं न कि तुम से।

हालांकि वह तुम्हारे साथ हैं पर वह तुम्हारे नहीं हैं।

तुम उन्हें अपना प्रेम दे सकते हो पर अपने विचार नहीं।

क्यों कि उनके अपने विचार हैं।

तुम उनके शरीर को संरक्षण दे सकते हो पर उनकी आत्माओं को नहीं।

क्यों कि उनकी आत्माएं भविष्य के भवनों में बसती हैं।

जहाँ तुम पहुँच नहीं सकते, यहाँ तक कि स्वप्न में भी नहीं।

तुम उन जैसा बनने की चेष्टा कर सकते हो पर उन्हें अपने जैसे बनाने की इच्छा मत रखो।

क्यों कि जीवन कभी भी पीछे की ओर नहीं जाता और न ही भूतकाल के साथ ठहरता है।

तुम वह धनुष हो, जिससे तुम्हारी संतानों को जीवित बाणों के रूप में अग्रसर किया जाता है।

वह धनुर्धर अनंत मार्ग पर निशाना साधता है और तुम्हें अपनी ताक़त से झुकाता है ताकि उसके बाण तेज़ी से और अनंत तक जा सकें।

उस धनुर्धर के हाथों तुम्हें झुकाया जाना, उल्लास पूर्ण हो।

क्यों कि जितना प्रेम वह उड़ने वाले बाण को करता है ,उतना ही प्रेम स्थिर धनुष से भी करता है।

4

दान

तब एक धनाढ्य ने कहा, हमें दान के बारे में बताओ,

और उसने उत्तर दिया:

जब तुम अपनी सम्पति में से कुछ देते हो तो, वह दान तो है, पर नाम मात्र का I

जब तुम स्वयं को ही समर्पित कर दोगे, तो वह वास्तविक दान होगाI

क्यों कि, आखिर तुम्हारी संपत्तियां हैं क्या? कुछ वस्तुएं जो तुम सहेजते हो और उनकी रखवाली करते हो, इस डर से कि तुम्हें भविष्य में उनकी आवश्यकता पड़ सकती हैI

और कैसा भविष्य ?भविष्य उस अति सयाने कुत्ते को क्या देगा, जो पवित्र नगरी को जाते समय तीर्थ-यात्रिओं की टोली के पीछे चलते हुए, पथ-हीन रेत में जगह-जगह हड्डियों के टुकड़े छिपाता हुआ चलता है?

और आवश्यकता का भय है क्या, स्वयं आवश्यकता के सिवाय ?

जब तुम्हारा कुआं पानी से भरा है, तब भी प्यास का डर, क्या कभी तृप्त न होने वाली तृष्णा नहीं है ?

कुछ लोग होते हैं, जो अपनी अपार संपत्ति में से तनिक सा दान करते है और वह भी इसलिए कि उनका नाम हो, और उनकी यह छुपी हुई भावना उस दान को अर्थहीन कर देती हैI

और कुछ वह भी हैं जिनके पास अल्प होता है पर वह समग्र दान कर देते हैंI

यह वह लोग हैं जो जीवन के प्रति विश्वास रखते हैं और उस जीवन की उदारता पर भी, और उनके भण्डार कभी खाली नहीं होते।

और कुछ वह हैं जो आनन्द से दान करते हैं और वही आनन्द उनका पारितोषिक है।

और कुछ वह हैं जो बड़ी कष्ट से दान करते हैं और उनका वह कष्ट ही उनकी दीक्षा है।

और कुछ वह हैं जो दान करते हैं और उन्हें दान देने में कोई कष्ट नहीं होता, न उन्हें आनन्द की कामना होती है और न पुण्य कमाने की।

वे इस तरह न्यौछावर करते हैं जैसे दूरस्थ घाटी में मेहंदी अपनी महक बिखरा देती है।

ऐसे दानी हाथों के माध्यम से ईश्वर बोलता है और इनकी ही आँखों से परमात्मा धरती पर मुस्कराहट बिखेरता है।

माँगने पर दान देना अच्छी बात है पर उस से भी अच्छा है, अभावग्रस्त को बिन मांगे ही दे देना।

और ऐसे दानवीर को दान क्रिया की अपेक्षा दान पाने वाले व्यक्ति के मिलने पर अधिक आनंद आता है।

और क्या कुछ ऐसा भी है, जिसे तुम बांध कर रख सकते हो?

जो कुछ भी है तुम्हारे पास है किसी न किसी दिन तो छोड़ना ही पड़ेगा।

इसलिए आज ही दान करो, ताकि दान देने की ऋतु तुम्हारी हो न कि तुम्हारे संतानों की।

तुम प्रायः कहते हो कि " मैं दान तो दूंगा पर उस को जो सुपात्र होगा।"

तुम्हारे उपवन के वृक्ष तो ऐसा नहीं कहते और न ही तुम्हारी चरागाह में चरते झुंड।

वे अर्पण करते हैं ताकि जीवित रहें, क्यों कि आधिपत्य में रखने का तात्पर्य है नष्ट होना।

निश्चित ही, जो अपने दिवस और रात्रि पाने का पात्र है ,वह तुम से बाकी कुछ भी प्राप्त करने का अधिकारी है।

और वह जो जीवन के महासागर से घूँट भरने का अधिकारी है, वह तुम्हारे छोटे से झरने से भी अपना प्याला भरने का अधिकार रखता है।

और उस से बड़ा मरुस्थल क्या होगा जो उस साहस और विश्वास में निहित है जो दान प्राप्त करने को परोपकार नहीं मानता?

और तुम होते कौन हो कि लोग तुम्हें अपने मन में झाँकने दें और अपने स्वाभिमान का अनावरण करें ताकि तुम उनकी पात्रता को नग्न और उनके स्वाभिमान को निर्लज्ज अवस्था में देख सको।

पहले स्वयं को; स्वयं ही परख लो, कि तुम दान देने या दान का साधन बनने योग्य हो भी ?

क्यों कि वास्तविकता यह है कि जीवन ही है जो जीवन को प्रदान करता है, जबकि स्वयं को दानवीर समझने वाले तुम मात्र एक साक्षी हो।

और तुम दान पाने वालो , ज्ञात रहे कि तुम सभी प्राप्त कर्ता ही हो, तुम लोग कृतज्ञता का बोझ मन में मत लाओ, वरना तुम अपने और उस दानी के गले में जुआ[1*] लादोगे।

बल्कि दानी सहित तुम भी उसके उपहारों पर ऊपर उठो, मानो पंखों पर बैठे हो।

क्यों कि ऋण के बारे में अधिक सोचने का अर्थ है, उस उदारता पर संदेह करना जिसके पास धरती जैसी उदार ह्रदय वाली माँ है और परमेश्वर जिसका पिता है।

[1] गाड़ी, हल आदि के आगे की वह लकड़ी जो बैलोंके कंधे पर रहती है*

5

खान- पान

तब एक वृद्ध व्यक्ति जो कि एक यात्री गृह का संचालक था , बोला हमें खान-पान के बारे में बताओ।

और उसने कहा:

काश, तुम धरती की गन्ध पर जीवित रह सकते और पवनजीवी पौधे की तरह प्रकाश पर ही निर्वाह कर लेते।

चूंकि तुम्हें अपने भोजन के लिए किसी न किसी का हनन करना ही पड़ता है, और अपनी प्यास बुझाने के लिए नवजात बछड़े से उसकी माँ का दूध छीनना पड़ता है, तो इस कर्म को उपासना का रूप दे दो।

और अपनी भोजन पटल को बलिवेदी समझो जिस पर वनों और मैदानों से लाये गए निर्दोष और निरीह जीवों की बलि चढाई जाती है, मनुष्य के प्राकृतिक पोषण के लिए, जो उन जीवों से भी ज्यादा निर्मल और निश्छल है।

जब कभी तुम किसी पशु का वध करो तो उसे अपने हृदय में कहो:

“जो तुम्हारा वध कर रही है उसी परम् शक्ति द्वारा मेरा भी वध होगा, और भक्षण होगा I क्यों कि जिस प्रकृति के नियम के अधीन तुम्हें मुझे सौंपा गया है, उसी के अधीन मुझे भी मुझ से बलशाली के हाथों में सौंपा जायेगा।

तुम्हारा और मेरा रक्त उस रस के अतिरिक्त कुछ भी नहीं, जो दिव्य-लोक के कल्प-वृक्ष का पोषण करता है।”

और जब तुम अपने दांतों तले सेब को चबाओ तो उसे अपने हृदय में कहो:

"तुम्हारे बीज मेरे अंग में जीवित रहेंगे और तुम्हारे भविष्य की कलियाँ मेरे हृदय में खिलेंगी,

तुम्हारी सुगंध मेरी श्वास होगी और हम सभी ऋतुओं में संग उल्लास मनाएंगे।"

शिशिर" ऋतु में जब तुम अंगूर के बगीचे से कोल्हू में पीसने के लिए अंगूर बटोरो तो अपने हृदय में कहो:

"मैं भी अंगूर का बगीचा हूँ, और मेरे फल भी कोल्हू में पिसने के लिए बटोरे जायेंगे और नई मदिरा की तरह मुझे अनन्त की गागर में रखा जाएगा।"

और शीत ऋतु में जब तुम पीने के लिए मदिरा निकालो तो तुम्हारे हृदय में प्रत्येक प्याले के लिए गीत हो; उन गीतों में स्मृतियां वास करती हों, शिशिर ऋतु के दिनों की, अंगूर के बगीचे की और कोल्हू की।

6

श्रम

तब एक हलवाहे ने कहा, हमें श्रम के बारे में बताओ,

और उसने यह कहते हुए उत्तर दिया:

तुम श्रम करो ताकि धरती और धरती की आत्म-गति की संगति कर सको।

क्यों कि अकर्मण्य होने का मतलब है ऋतुओं से अपरिचित हो जाना और जीवन की उस शोभायात्रा से पृथक हो जाना जो वैभवशाली और गौरवमयी शैली में अनन्त के समर्पण की ओर अग्रसर है।

जब तुम श्रम करते हो तुम एक बाँसुरी हो जाते हो जिसके हृदय से प्रवाहित हो रही क्षणों की सरसराहट संगीत में परिवर्तित हो जाती है।

तुम में से कौन है जो मूक और न बजने वाला यन्त्र बनना चाहेगा जब सारी सृष्टि एक सुर में गान कर रही हो।

तुम्हें सदैव बताया गया है कि परिश्रम एक अभिशाप है श्रमिक होना एक दुर्भाग्य।

पर मैं तुम्हें कहता हूँ, जब तुम श्रम करते हो तो तुम पृथ्वी के उस प्राचीनतम स्वप्न का एक अंश पूरा करते हो, जिसका दायित्व तुम्हें उस स्वप्न की उत्पत्ति के दिन ही सौंप दिया गया था।

और परिश्रम के धारण से, वास्तविकता में तुम जीवन से प्रेम कर रहे होते हो।

और जीवन को परिश्रम के माध्यम से प्रेम करने का अर्थ है, जीवन के सबसे गहरे रहस्य से साक्षात् हो जाना।

परन्तु अगर तुम अपनी वेदना के आवेग में इस जन्म को एक विपत्ति कहते हो और इस हाड़-मांस की काया को संभाले रखने को माथे पर लिखा एक अभिशाप समझते हो, तो मैं उत्तर देता हूँ कि जो भी लिखा है, उसे तुम्हारे माथे के पसीने के सिवाय कोई और मिटा भी नहीं सकता।

तुम्हें यह भी बताया गया है कि जीवन अंधकार है, और जब तुम थके-माँदे होते हो, तो उसे ही दोहराते रहते हो, जो किसी थके-माँदे ने कहा होता है।

और मैं कहता हूँ, जीवन वस्तुतः अंधकार है सिवाय उस समय के जब आकांक्षा विद्यमान हो।

और सारी आकांक्षाएं अंधी हैं सिवाय उस समय के जब ज्ञान विद्यमान हो।

और सारा ज्ञान व्यर्थ है सिवाय उस समय के जब कर्म विद्यमान हो।

और सारा कर्म खोखला है सिवाय उस समय के जब प्रेम विद्यमान हो।

और जब तुम्हारा कर्म प्रेम-रंजित होता है, तो तुम पिरो लेते हो, स्वयं को स्वयं में, एक-दूसरे में और परमात्मा में।

और इस प्रेम-रंजित कर्म का तात्पर्य क्या है?

यह, तुम्हारे हृदय से खींच कर काते हुए सूत से वस्त्र बुनने जैसा है, मानो तुम्हारी प्रेयसी ही उसे पहनने वाली हो।

यह, उस अनुराग से आवास निर्मित करने जैसा है, मानो तुम्हारी प्रेयसी ने ही उस आवास में बसना हो।

यह उस कोमलता से बीज बोना और हर्षित मन से फ़सल बटोरना है, मानो वह फल , तुम्हारी प्रेयसी ने ही खाने हों।

यह ऐसे है, जैसे कि हाथ में आई हर वस्तु को अपने चित्त प्रवाह से संवारना।

यह ऐसे ही है, जैसे कि अपने हाथों रचित हर वस्तु में अपने प्राण फूंक देना।

और यह अनुभव करना कि सभी पुरखों की पुण्य आत्माएं इर्दगिर्द ही हैं और वह सदैव तुम्हारे द्रष्टा हैं।

मैंने प्रायः तुम्हें कहते हुए सुना है, जैसे कि नींद में बड़बड़ा रहे हो,

"वह जो संगमरमर पर काम करता है और उस शिला पर आत्म-रूप देखता है ,वह खेतों में हल चलाने वाले से कुलीन है।

और वह जो इन्द्रधनुष को पकड़कर, पट पर मानव सदृश्य रच देता है ,वह हमारे पाँवों के लिए जूतियाँ बनाने वाले से श्रेष्ठ है।

पर मैं नींद में नहीं बल्कि, दोपहर की पूर्ण जागृति में कहता हूँ कि पवन, घास के नन्हे तिनकों की अपेक्षा बरगद से ज्यादा मधुरता से वार्तालाप नहीं करती।

और वह ही श्रेष्ठ है, जो पवन के स्वर को अपने प्रेम-रस से मधुरतम गीत में परिवर्तित कर दे।

प्रेम को दृष्टिगोचर करना ही श्रम है।

और अगर तुम प्रेम पूर्वक कार्य नहीं कर सकते बल्कि अरुचि से करते हो, तो बेहतर यह है कि तुम उस कार्य को छोड़ दो और मंदिर के द्वार पर बैठ जाओ और उन लोगों से भिक्षा लो, जो लोग अपना कार्य उल्लास से करते हैं।

क्यों कि अगर तुम उदासीनता से रोटी सेंकते हो तो तुम कड़वी रोटी सेंकते हो, वह इंसान की भूख तो मिटाएगी पर अधूरी।

और अंगूरों को रोंदते वक्त यदि तुम्हारे मन में कुढ़न हो तो, तुम्हारी वह कुढ़न मदिरा में विष घोल देती है।

और भले ही तुम ऐसा गाते हो जैसे कि गन्धर्व, परन्तु गायन से प्रेम नहीं करते, मानो कि तुम इंसान के कानों को ढक देते हो, और सुनने से वंचित कर देते हो उसे; दिन की कोलाहल और रात के स्वर से।

7

हर्ष और शोक

तब एक स्त्री ने कहा हमें हर्ष और शोक के बारे में बताओ ,

और उसने उत्तर दिया:

तुम्हारा हर्ष तुम्हारे शोक का ही बिन मुखौटे वाला चेहरा है।

जहाँ से तुम्हारे ठहाके उठते हैं, वह कुआँ बिल्कुल वही है जहाँ प्रायः तुम्हारे आँसू भरे होते थे।

और इस के अलावा हो भी क्या सकता है?

दुःख तुम्हारे अस्तित्व को जितनी गहराई तक खोदता है, उतना ही ज्यादा उल्लास तुम में समा सकता है।

क्या यह वही प्याला नहीं जिसे कुम्हार ने भट्टी में तपाया था, जो अब तुम्हारी मदिरा को थामे है?

और जो बांसुरी तुम्हारी मन को राहत देती है, क्या यह वही बांस का टुकड़ा नहीं जिसे छुरी से कुरेदकर खोखला किया गया था?

जब कभी तुम हर्षित होते हो, गहरे से अपने हृदय में देखो, तुम देख पाओगे कि यह ख़ुशी सिर्फ वही है जिसने कभी तुम्हें दुःख दिया था।

जब तुम शोकग्रस्त हो तब भी दोबारा अपने हृदय में देखो और तुम पाओगे कि वास्तविकता यह है कि तुम उसके लिए रो रहे हो जो कभी तुम्हारा आनन्द था ।

तुम में से कुछ कहते हैं कि,

"हर्ष से शोक बृहत है"

कुछ और कहते हैं कि,

“नहीं ,शोक बृहत है हर्ष से”

पर मैं तुम से कहता हूँ कि दोनों पृथक हो ही नहीं सकते,

दोनों संग आते हैं और यदि एक तुम्हारे साथ बैठा भोजन कर रहा होता है, तो याद रखो दूसरा तुम्हारे बिस्तर पर सो रहा होता है।

वास्तव में तुम तुला की डंडी की तरह अपने शोक और आनन्द के पलड़ों के बीच उठते और गिरते रहते हो।

जब तुम भाव-शून्य होते हो, सिर्फ उसी समय ठहरे हुए और संतुलित होते हो।

जगत निधि का अधिपति जब अपनी स्वर्ण और रजत संपदा तौलने के लिए तुम्हें उठाता है, तो अवश्य ही तुम्हारे आनन्द तथा शोक के पलड़े गिरें या उठें।

8

घर

तब एक शिल्पकार आगे आया और बोला, हमें घरों के बारे में बताओ।

और उसने उत्तर देते हुए कहा:

वन में अपनी कल्पनाओं का कुंज बना लो, इस से पहले कि तुम नगर की सीमाओं के भीतर अपना घर बनाओ।

क्यों कि जैसे तुम सायंकाल के धुंधले प्रकाश में घर लौटते हो, वैसे ही तुम्हारे भीतर का एकाकी चिर-प्रवासी भी लौटता है।

तुम्हारा घर तुम्हारे शरीर का बड़ा स्वरूप है।

यह सूर्य के प्रकाश में विकसित होता है और रात के सन्नाटे में सोता है; और यह स्वप्न विहीन नहीं है।

क्या तुम्हारा घर स्वप्न नहीं देखता ? और स्वप्न में यह नगर को छोड़ उपवन और पर्वतों के शिखर की ओर नहीं निकलता?

काश ! ऐसा हो सकता कि मैं तुम्हारे घरों को अपने हाथों में बटोर लेता और बीजों की तरह इन्हें वनों और चरागाहों में बिखरा देता।

काश! कि घाटियाँ तुम्हारी राहें होतीं, और हरियाले पथ तुम्हारी गलियां ,ताकि तुम्हें एक दूसरे तक पहुँचने के लिए अंगूर- वाटिका से होकर निकलना पड़ता और घर लौटते समय तुम्हारे वस्त्र मिट्टी की सौंधी सुगंध लिए होते।

पर अब यह नहीं हो सकता।

भय वश तुम्हारे पूर्वजों ने तुम्हें ज्यादा ही नजदीक इक्कठा कर दिया है।

और यह भय कुछ और लम्बा चलेगा।

कुछ समय और तुम्हारे नगर की दीवारें तुम्हारे चूल्हे से तुम्हारे खेतों को अलग रखेंगी।

और मुझे बताओ ओ ओर्फलीज़ के लोगों, इन घरों में तुम्हारे पास क्या है ?और ऐसा है क्या, जिसकी तुम बंद द्वारों में सुरक्षा कर रहे हो?

क्या तुम्हारे पास शांति है, वह इच्छा- शून्यता जो तुम्हारी शक्ति को उजागर करती है?

क्या तुम्हारे पास स्मृतियां हैं, वह धुंधले प्रकाश की लहराती छाया जो मन के शीर्ष तक फैली हों?

क्या तुम्हारे पास सौन्दर्य है, जो हृदय का नेत्रत्व कर उसे; काष्ठ व शिला से बनी वस्तुओं से दूर ; पवित्र पर्वत तक ले जाता है?

मुझे बताओ , क्या यह सब है तुम्हारे घर में?

या फिर तुम्हारे पास सिर्फ सुख–सुविधाएँ हैं और सुख –सुविधाओं को पाने की लालसा ,वह चोर जो घर में अतिथि की तरह प्रवेश करता है , फिर यजमान बनता है और आखिर में घर का स्वामी?

अरे हां, और फिर वह मदारी बन अंकुश और चाबुक से तुम्हारी विशाल इच्छाओं के आलंब से तुम्हें कठपुतलियों सा नचाता है।

हालांकि उसके हाथ रेशम के हैं पर उसका हृदय लौह का है।

वह तुम्हें लोरी गा कर सुला देता है, वह भी सिर्फ इसलिए कि तुम्हारे आसन के पास खड़े हो कर तुम्हारी काया के गौरव का उपहास कर सके।

वह तुम्हारी स्वस्थ चेतना का उपहास करता है और उन्हें भंगुर कांच के पात्र मानकर फूस की पट्टी में लपेटता है।

वास्तव में आराम की प्रवृत्ति चित्त के उमंग की हत्या कर देती है और फिर उसकी शव-यात्रा में खींसें *निपोरते* हुए चलती है।

परन्तु तुम, हे *नभ* की संतानों! तुम ठहराव में भी अधीर रहने वाले, तुम न जाल में फंसोगे और न ही पालतू बनोगे।

तुम्हारा घर नौका का लंगर न हो कर मस्तूल होना चाहिए।

वह घाव को ढकने वाली झिल्ली न होकर ,आंखों की रक्षा करने वाली पलकों सा होना चाहिए।

तुम्हें अपने पंखों को इस लिए नहीं समेटना है कि तुम दरवाज़ों से निकल सको, और न ही अपने सिर को यह सोच के झुकाना है कि कही वह छत से न टकरा जाए, न ही यह सोच के खुली सांस लेने से घबराना है कि कहीं दीवारें दरककर गिर न पड़ें।

तुम्हें उन मकबरों में नहीं बसना है जो मृतकों ने जीवित लोगों के लिए बनाये हैं।

हालांकि तुम्हारे घर भव्य और शानदार हैं फिर भी वह न तो तुम्हारे रहस्यों को छिपायें और न ही तुम्हारी आकांक्षाओं को आश्रय दें।

क्यों कि जो तुम में अनन्त है ,वह आकाश के महल में रहता है, सुबह का कुहासा जिसका द्वार है, और रात के गीत और मौन जिसके झरोखे।

9

वस्त्र

और एक बुनकर ने कहा, हमें वस्त्रों के बारे में बताओ।

और उसने उत्तर दिया:

तुम्हारे वस्त्र तुम्हारे सौन्दर्य का अधिकतर अंश ढक देते हैं, फिर भी वह तुम्हारी असुन्दरता को छुपा नहीं पाते।

हालांकि तुम वस्त्रों में गोपनीयता की स्वतंत्रता खोजते हो लेकिन तुम पाते हो एक बंधन और बेड़ी।

काश कि तुम सूरज और पवन को अपनी त्वचा पर ज्यादा महसूस कर पाते बजाए कि अपने कपड़ों के,

क्यों कि जीवन के प्राण सूर्य के प्रकाश में है और जीवन के हाथ पवन के झकोरो में हैं।

तुम में से कुछ कहेंगे वह उत्तरी पवन थी जिसने वे कपड़े बुने हैं जिन्हें हम पहनते हैं।

और मैं कहता हूँ," हाँ उत्तरी पवन ने ही बुना है", पर मृदुल स्नायु के धागे से लज्जा के करघे पर।

और जब उसका कार्य संपन्न हुआ वह वन में खिलखिलाकर कर हँसी थी।

भूलो मत कि लज्जा अपवित्र निगाहों के विरुद्ध सिर्फ ढाल है।

जब अपवित्र निगाहें ही नहीं होंगी तो लज्जा है क्या सिवाय एक बेड़ी और मन की विकृति के?

और यह मत भूलो कि धरती तुम्हारे नग्न पांव ke स्पर्श में प्रसन्नता अनुभव करती है और पवन तुम्हारे केशों से खेलने को तरसती है।

10

क्रय-विक्रय

और एक व्यापारी ने कहा ,हमें क्रय-विक्रय के बारे में बताओ।

उसने उत्तर देते हुए कहा:

धरती अपनी उपज तुम्हें सौंप देती है, और अगर तुम यह समझ जाओ कि अपनी अंजलि को कैसे भरना है, तो तुम्हें कोई अभाव नहीं रहेगा I

धरती के उपहारों के आदान-प्रदान में तुम्हें भरपूर मिलेगा और तुम संतुष्टि का अनुभव करोगे।

परन्तु जब तक आदान-प्रदान में प्रेम और न्याय नहीं होगा तो वह कुछ को लालची बनाएगा और दूसरों को भूखा।

समुद्र, खेतों और अंगूर वाटिका के परिश्रमी लोगों !

जब कभी तुम बाज़ार में बुनकरों ,कुम्हारों और पंसारी से मिलो तो-

तुम धरती की महान् आत्मा का आह्वान करना कि वह तुम लोगों के बीच आए और एक वस्तु का दूसरे के प्रति मूल्यांकन करने वाले तराज़ू और तौल को पवित्र कर दे।

और उन खाली हाथ आए लोगों का भी विनिमय में हिस्सा लेने पर कष्ट अनुभव मत करना, जो तुम्हारे परिश्रम के बदले अपने शब्द बेचेंगे।

ऐसे व्यक्तियों से तुम्हें कहना चाहिए:

हमारे साथ खेतों में आओ या हमारे भाईओं के साथ समुद्र में जाओ और अपना जाल बिछाओ,

क्यों कि धरती और समुद्र की तुम पर भी वैसी ही कृपादृष्टि होगी जैसी हम पर है।

और अगर वहां पर गायक, नर्तक और बांसुरी वादक आते हैं तो उनके उपहार भी खरीदो,

क्यों कि वह भी फलों और सुगंधों के संग्रहकर्ता हैं, और वे जो लाते हैं, यद्यपि वो कृतियाँ कल्पनाओं द्वारा रचित हैं, वो तुम्हारी आत्मा के वस्त्र और आहार हैं।

और इस से पहले कि तुम बाज़ार छोडो, यह देख लो कि कहीं कोई अपने घर खाली हाथ तो नहीं लौटा?

क्यों कि धरती की महान् आत्मा पवन की सेज पर चैन से सो नहीं पायेगी, जब तक कि तुम में से निर्धनतम की जरूरतें पूरी नहीं हो जातीं।

11

अपराध और दंड

तब नगर का एक न्यायाधीश सामने खड़ा हुआ और कहा, हमें अपराध और दंड बारे में बताओ।

उसने उत्तर देते हुए कहा:

जब तुम्हारी आत्मा पवन पर सवार होकर भटक जाती है ।

तब तुम अकेले और स्वच्छन्द हो जाते हो और दूसरों के प्रति, फलतः स्वयं के प्रति कोई अनुचित कार्य कर बैठते हो।

और उस अनुचित कर्म के एवज में तुम्हें किसी सिद्ध पुरुष का द्वार खटखटाना चाहिए और उपेक्षित होने पर भी थोडा इंतज़ार करना चाहिए।

तुम्हारा आत्म-ब्रह्म् महासागर की भांति है।

जो हमेशा के लिए निर्मल है।

और आकाश की तरह यह सिर्फ पंख वालों को उड़ान देती है।

तुम्हारा आत्म- ब्रह्म् सूर्य की तरह भी है जो न तो छछुंदर के आने-जाने का रास्ता जानता है न ही उसे सांप के बिलों की खोज है।

पर तुम्हारे अस्तित्व में अकेले आत्म-ब्रह्म् का ही निवास नहीं है,

तुममें अभी भी बहुत कुछ मानव है और बहुत कुछ अभी भी मानव नहीं है।

बल्कि उसके साथ है एक काया रहित बौना जो अपनी जागृति की खोज में कोहरे में सोया हुआ सा चलता है।

और अब मैं तुम्हारे भीतर के मानव के बारे में बोलूँगा।

क्यों कि वही है जो अपराध और अपराध के दंड को जानता है न कि तुम्हारा आत्म-ब्रह्म् और न ही कोहरे में चलता बौना।

प्रायः: मैंने तुम्हें अपराधी के बारे में कहते हुए सुना है कि वह तुम में से एक नहीं है बल्कि एक अपरिचित व तुम्हारे जगत में एक घुसपैठिया है।

पर मैं कहता हूँ, जैसे पवित्र और सदाचारी भी उस ऊंचाई से ऊपर नहीं उठ सकते जहाँ तक तुम में से हर एक पहुँच सकता है।

और इसी तरह दुराचारी और दुर्बल भी उस से नीचा नहीं गिर सकते जितना तुम में से हर एक गिर सकता है।

और जैसे एक पत्ता भी, पूर्ण वृक्ष की मौन भिज्ञता के बिना पीला नहीं पड़ता, वैसे ही तुम लोगों की दबी हुई इच्छा के बिना कोई भी दुराचारी, दुराचार नहीं कर सकता।

एक शोभायात्रा की तरह तुम लोग एक साथ चलते हो अपने आत्म-ब्रह्म् की तरफ।

तुम ही राह हो और राही भी।

और अगर तुम में से कोई पत्थर से ठोकर खा कर गिरता है, तो अपने से पीछे वालों को सावधान करने के लिए गिरता है।

और हां वह अपने से आगे वालों के कारण भी गिरता है, जो तेज़ और अपने क़दमों के पक्के थे ,पर उन्होंने रास्ते से बाधा रुपी वह पत्थर नहीं हटाया।

और अब यह भी सुनो, चाहे ये शब्द तुम्हारे हृदय पर भारी लगें-

जिसका वध हुआ है वह अपने वध के लिए अनुत्तरदायी नहीं है I

जिसे लूटा गया है वह लुट जाने पर दोष रहित नहीं है।

दुराचारी के कर्मों में सज्जन व्यक्ति निष्पाप नहीं है।

निष्पाप हाथ भी अछूते नहीं है अपराधी हाथों के कर्मों से।

यही नहीं, अपराधी भी प्रायः आहत व्यक्ति द्वारा पीड़ित होता है।

और ज्यादातर दण्डित, अपराध बोध वंचित और दोषारोपण से बचे हुए व्यक्तियों के अपराधों का भार भी उठाता है।

तुम न्याय को अन्याय से और अच्छाई को बुराई से अलग नहीं कर सकते।

क्यों कि वे सूर्य के सम्मुख इस तरह एक साथ खड़े होते हैं जैसे सफ़ेद धागा और काला धागा एक साथ बुने हुए हों।

और जब काला धागा टूटता है तो बुनकर पूरे कपड़े को देखेगा और करघे को भी जांचेगा।

अगर तुममें से कोई किसी व्यभिचारिणी पत्नी को न्याय के कठघरे में खड़ा करता है, तो जरूर उस स्त्री के पति के हृदय को भी तुला में तोले और उसकी आत्मा को भी पैमाने पर मापे।

और जो अपराधी पर चाबुक बरसाना चाहे, उसको चाहिए कि वह एक बार अपराधी द्वारा पीड़ित व्यक्ति की मंशा को भी जान ले।

और अगर तुम में से कोई नैतिकता के नाम पर दण्ड देता है और बुराई के वृक्ष पर कुल्हाड़ी का प्रहार करता है तो उसे वृक्ष की जड़ों में जरूर देख लेना चाहिए I

और वास्तव में वह पायेगा कि बुराई और अच्छाई, फलित और फल विहीन सभी वृक्षों की जड़ें धरती के मौन हृदय में एक दूसरे से लिपटी हुईं एक साथ मौजूद होती हैं।

और न्यायप्रिय न्यायाधीशों!

उस पर क्या निर्णय सुनाओगे जो यद्यपि बाह्य रूप से सज्जन है पर उसके हृदय में चोर है।

और उस को क्या दण्डित करोगे जिसका शरीर तो हत्यारा है परन्तु उसके स्वयं के अंतर्मन का वध हुआ हो।

और उस पर क्या मुकदमा चलाओगे जो कर्म से धूर्त और दमनकारी है, किन्तु मन से उत्पीड़ित और क्षुब्ध भी है?

और उनको कैसे दण्डित करोगे जिनका पश्चाताप पहले ही उनके दुष्कर्मों की तुलना में विराट है।

क्या पश्चाताप वह न्याय नहीं है जो उस न्याय व्यवस्था ने प्रतिपादित किया है जिसे तुम हर्ष से स्वीकारोगे?

फिर भी तुम निरपराधी पर पछतावा थोप नहीं सकते न ही अपराधी के हृदय से उसे उठा सकते हो।

वह बिन बुलाये रात को आवाज़ देता है ताकि लोग जागें और आत्ममंथन करें।

और तुम न्याय को कैसे समझोगे, जब तक कि तुम सभी कर्मों को पूर्ण प्रकाश में देख न लो?

सिर्फ तभी तुम जान पाओगे कि रात के बौने-अस्तित्व और दिन के दिव्य-अस्तित्व के बीच, सायंकाल के धुंधले प्रकाश में मौजूद सम्मान से खड़ा सदाचारी मनुष्य और गिरा हुआ पतित मनुष्य दोनों एक ही हैं।

और यह भी कि मंदिर की कोण -शिला, उसकी नींव में सबसे निचली शिला से श्रेष्ठतर नहीं है।

12

कानून

तब एक वकील बोला, पर हमारे कानून के बारे में क्या कहेंगे महानुभाव?

और उस ने उत्तर दिया:

तुम्हें नियम बनाने में आनंद आता है, किन्तु तुम्हें उन्हें तोड़ने पर और भी ज्यादा आनंद आता है।

जैसे बच्चे सागर किनारे खेलते हैं, तन्मयता से रेत की मीनारें बनाते हैं और फिर हँसते हुए उन्हें गिरा देते हैं।

पर जब तुम अपने रेत की मीनारें बना रहे होते हो तो सागर किनारे पर कुछ और रेत बिखरा देता है और जब तुम उन्हें गिराते हो तो समुद्र तुम्हारे साथ हँसता है वास्तव में सागर हमेशा मासूम के साथ हँसता है।

पर उनका क्या जिनके लिए जीवन एक सागर नहीं है और मनुष्यों द्वारा बनाये नियम रेत की मीनारें नहीं हैं?

बल्कि उनके लिए जीवन एक चट्टान, और कानून एक छैनी है जिससे वे इसे अपने मनोनुकूल तराशते हैं।

उस लंगड़े के बारे में क्या कहा जाये जो नर्तकों से घृणा करता है?

और उस बैल के बारे में क्या कहा जाये जो अपने जुए को प्रेम करता है और वन के बारहसिंगों और हिरणों को पथभ्रष्ट और आवारा कहता है?

और उस बूढ़े सर्प का क्या जो अपनी केंचुली नहीं उतार पाता और दूसरों को नग्न और निर्लज्ज कहता है?

और उसको क्या कहें जो विवाह के भोज में पहले पहुँच जाता है और पेट भर खा कर थक जाने पर यह कहता हुआ जाता है कि सभी प्रीति भोज नियम का उलंघन हैं और सभी भोज खाने वाले नियम तोड़ने वाले।

मैं उनके बारे में और क्या कहूँ इस के सिवाए कि वे लोग भी सूर्य के समक्ष हैं पर अपनी पीठ किए हुए।

वे सिर्फ अपनी छाया को देखते हैं और उनकी छाया उनके नियम हैं।

और सूर्य उन के लिए है क्या, सिर्फ छाया को प्रतिबिंबित करने वाले साधन के सिवाए?

और कानून को स्वीकारना है क्या, नीचे झुकना और अपनी परछाइओं को धरती पर रेखांकित करने के?

पर तुम जो सूर्य के समक्ष चेहरा किए चलते हो, तुम्हें धरती पर बनी छवियाँ क्या बांध पाएंगी?

तुम जो पवन के साथ सफ़र करते हो वात-सूचक तुम्हें क्या दिशा दिखायेंगे?

मनुष्यों के बनाये नियम तुम्हें क्या बांध पाएंगे, अगर तुम अपना जुआ तोड़ दो पर किसी मानव निर्मित कारागार के द्वार पर नहीं।

तुम्हें कानूनों से भयभीत होने की आवश्यकता क्या है, अगर तुम नाचते हो पर मानव निर्मित लोहे की कड़ियों से नहीं टकराते?

और ऐसा कौन होगा जो तुम्हें कानून के कठघरे में खड़ा करेगा अगर तुम अपने वस्त्र फाड़ते हो पर उन्हें किसी की राह में नहीं फेंकते?

ओर्फलीज़ के लोगों, तुम ढोल को ढक सकते हो और सारंगी के तार ढीले कर सकते हो, पर कोयल को न गाने का आदेश कौन दे सकता है?

13

पीड़ा

तब एक स्त्री बोली, और कहने लगी, हमें पीड़ा के बारे में बताओ।

और उसने कहा:

पीड़ा उस आवरण का टूटना है जिसमें तुम्हारी समझ निहित होती है।

जैसे किसी फल का बाहरी सख्त आवरण टूटना ही चहिये ताकि उसका हृदय सूर्य के सम्मुख हो सके , उसी तरह तुम्हें अपनी पीड़ा से परिचित होना ही चाहिए।

और अगर तुम अपने हृदय को प्रतिदिन के चमत्कारों से अचंभित रख सको तो तुम्हारी पीड़ा तुम्हें तुम्हारे उल्लास से कम चमत्कारिक नहीं लगेगी।

और तुम अपने हृदय की ऋतुओं को वैसे ही स्वीकारोगे जैसे हमेशा तुमने अपने खेतों में बीतती ऋतुओं को स्वीकारा है।

और तुम शांत चित्त से अपने शोक की सर्द ऋतु को ताकोगे।

तुम्हारी अधिकांश पीड़ाएं तुम्हारी स्वयं की चुनी हुई हैं।

यह एक कड़वी औषधि है, जिससे तुम्हारे भीतर का चिकित्सक तुम्हारे रुग्ण अहम का उपचार करता है।

इसलिए चिकित्सक पर विश्वास करो और उसकी औषधि को चुपचाप शांत मन से पी लो।

माना कि उसका हाथ भारी और कठोर हैं, पर वह अनदेखी शक्ति के कोमल हाथों से संचालित हैं।

और उसका दिया हुआ प्याला हालांकि तुम्हारे होंठों को जलाता है पर वह उस मिट्टी से बनाया गया है जिसे कुम्हार ने स्वयं अपने पवित्र आंसुओं में भिगोया है।

14

स्वतंत्रता

और एक वक्ता ने कहा, हमें स्वतंत्रता के बारे में बताओ।

और उसने उत्तर दिया:

नगर द्वार और चूल्हे के पास मैंने तुम्हें अपनी स्वतंत्रता को दण्डवत प्रणाम करते और पूजते देखा है ,

ऐसे ही जैसे दास अपने निरंकुश, शासक के सामने नतमस्तक रहते हैं और उसकी प्रशंसा करते हैं यद्यपि वह उनका वध कर देता है।

मंदिरों के कुंज और दुर्ग की आड़ में तुम में से सब से अधिक स्वतंत्र लोगों को, हाँ, मैंने देखा है अपनी स्वतंत्रता को जुए की तरह लादे हुए और हथकड़ियों की तरह पहने हुए।

और मेरा हृदय खून के आंसू बहाता है।

क्यों कि तुम सिर्फ तब स्वतंत्र हो सकते हो जब स्वतंत्रता की इच्छा करना भी बंधन लगेगा और जब स्वतंत्रता की बात को एक लक्ष्य या तुष्टि के रूप में करना बंद कर दोगे।

वास्तव में तुम स्वतंत्र होगे, तब नहीं, जब तुम्हारे दिन चिंता मुक्त हों और तब भी नहीं, जब रातें बिना किसी चाह और शोक के होंगी बल्कि जब ये सब चीजें तुम्हारे जीवन को बुरी तरह से जकड़े होती हैं और फिर भी तुम इन से ऊपर उठते हो स्पष्ट और बंधन-मुक्त।

समझदारी की नींव रखने के शुरुआती दिनों से लेकर जवानी तक तुम स्वयं को बेड़ियों में जकड़ते चले गए , जब तक उन बेड़ियों को नहीं

तोड़ देते, तुम दिन और रात से ऊपर उठ ही कैसे सकते हो?

और सच्चाई यह है कि जिसे तुम स्वतंत्रता कहते हो वह इन बेड़ियों में सब से मजबूत कड़ी है हालांकि इसके जोड़ सूर्य के प्रकाश में चमकते हैं और तुम्हारी आँखों को चकाचौंध कर देते हैं।

और यह है क्या तुम्हारे अस्तित्व के एक अंश के सिवाय, जिससे तुम छुटकारा चाहते हो ताकि स्वतंत्र हो सको?

अगर यह काला कानून है जिसे तुम हटाना चाहोगे, यह कानून तुम्हारे अपने हाथों द्वारा तुम्हारे अपने माथे पर लिखा गया था। तुम इन्हें मिटा नहीं सकते, अपनी कानून की किताबें जला कर और न ही तुम्हारे न्यायाधीशों के माथे धो कर, चाहे तुम समुद्र ही क्यों न उड़ेल दो।

और अगर यह निरंकुश, शासक है जिसकी सत्ता तुम पलटना चाहोगे ,पहले सुनिश्चित कर लो कि तुम्हारे भीतर स्थापित उसका सिंहासन नष्ट कर दिया गया है।

क्यों कि कोई भी निरंकुश, शासक किसी स्वतंत्र और स्वाभिमानी पर कैसे शासन चला सकता है, जब तक कि उनकी अपनी स्वतंत्रता में निरंकुशता और स्वाभिमान में शर्मिंदगी का अंश न हो?

अगर यह चिंता है जिससे तुम छुटकारा चाहोगे, यह चिंता तुमने स्वयं चुनी है न कि तुम पर थोपी गयी है I और अगर यह भय है जिस से तुम भागना चाहोगे, उस भय का आधार तुम्हारे हृदय में है न कि भयभीत करने वाले के हाथों में।

वास्तव में, वांछित व डरावनी, घृणास्पद व दुलारी, अपनाई व दुत्कारी, यह सब चीजें तुम्हारे अस्तित्व के साथ लगातार अर्ध-आलिंगन अवस्था में चलती रहती हैं।

यह सब चीजें तुम्हारे भीतर प्रकाश और छाया के जोड़े की तरह लिपटी होती हैं I और जब परछाईं धुंधली पड़ जाती है और फिर ख़त्म हो जाती है, तो पीछे अकेला बचा हुआ प्रकाश किसी दूसरे प्रकाश की छाया बन जाता है।

और इसी तरह ,जब तुम्हारी स्वतंत्रता अपनी बेड़ियाँ तोड़ देती है, तो स्वयं ;अपने से बड़ी स्वतंत्रता की बेड़ियाँ बन जाती है।

15

विवेक और आवेश

और पुजारिन ने फिर कहा: हमें विवेक और आवेश के बारे में कुछ बताओ।

और उस ने उत्तर देते हुए कहा:

प्रायः तुम्हारी आत्मा युद्ध–स्थल होती है जहाँ तुम्हारा विवेक और तर्क, तुम्हारे मनोवेग और चाव के विरुद्ध युद्ध करते हैं।

काश मैं तुम्हारी आत्मा में शांति-दूत बन सकता ताकि मैं तुम्हारे तत्त्वों की विसंगतियों और प्रतिस्पर्धाओं को एकता और लय में बदल सकता।

पर मैं ऐसा कैसे कर सकता हूँ, जब तक कि तुम स्वयं भी शांति-दूत नहीं बनते, नहीं–नहीं, अपने सभी तत्वों के प्रेमी नहीं बनते?

तुम्हारा विवेक और आवेश तुम्हारी समुद्र–प्रवासी आत्मा की पतवार और पाल हैं।

अगर तुम्हारी पतवार या पाल टूट जाती है तो, लहरों की उठा-पटक में दिशा-विहीन बहोगे या फिर बीच समुद्र में ठहर जाओगे।

क्यों कि विवेक ही अकेली ऐसी हस्ती है जो भावनाओं को मर्यादित करने की शक्ति रखती है, और अनियंत्रित आवेश एक ऐसी अग्नि है जो स्वयं को नष्ट करती है।

इसलिए, तुम्हारी आत्मा को चाहिए कि वह अपने विवेक को आवेश की ऊंचाइयों तक ले जाये, ताकि वह गुनगुना सके; और उसे चाहिए कि

तुम्हारे आवेश को विवेक द्वारा संचालित होने दे, ताकि तुम्हारा आवेश रोज-रोज अपने विनाश में नया जन्म पा सके फ़ीनिक्स की तरह भस्म हो कर पुनर्जीवित हो सके।

मैं कहता हूँ तुम अपनी तर्क शक्ति और चाहत को घर में आए दो प्रिय मेहमानों की तरह मानो।

निश्चय ही तुम किसी एक को दूसरे से अधिक सम्मान नहीं दोगे, क्यों कि जब कोई किसी एक का अधिक ख्याल रखता है तो दोनों के प्रेम और विश्वास को खो देता है।

जब तुम पर्वतों में सफ़ेद पोपलर की ठंडी छाया में बैठे दूरस्थ खेतों और चरागाहों की स्तब्धता और शांत चित्तता को महसूस करते हो: तब तुम अपने हृदय को उस निस्तब्धता में कहो कि, “परमात्मा विवेक में बसता है”।

और जब तूफान आता है, और बलशाली तूफान जंगल को झिंझोड़ देता है, बिजलियों की गड़गड़ाहट और चमक आकाश पर शासन करती हैं, तब तुम अपने हृदय को उस भय में कहो कि, “परमात्मा आवेश में गतिमान है”।

चूंकि तुम ब्रह्माण्ड की श्वास हो, ईश्वर के वन की एक पत्ती हो, इसलिए तुम्हें भी विवेक में निवास करना चाहिए और आवेश में विचरण करना चाहिए।

16

आत्म- ज्ञान

तब एक आदमी बोला, और कहने लगा, हमें आत्म- ज्ञान के बारे में बताओ।

और उसने उत्तर देते हुए कहा:

तुम्हारा हृदय मौन में दिन-रात के रहस्यों को जानता है।

पर तुम्हारे कान हृदय के ज्ञान को सुनने को व्याकुल रहते हैं।

तुम उनको शब्दों में जान पाओगे जिन्हें तुम हमेशा से भावनाओं में जानते हो।

तुम अपनी उँगलियों से अपने स्वप्नों की नग्न काया को छूओगे।

और ऐसा तुम्हारे साथ होना, सही ही है।

तुम्हारी आत्मा में छुपे जल–स्रोत को फव्वारा बन फूटने की ज़रूरत है और कल-कल बहते हुए सागर तक पहुंचने की।

और तुम्हारी अथाह गहराई में छुपे ख़जाने को तुम अपनी आंखों से देख पाओगे,

परन्तु ध्यान रहे, उस अज्ञात ख़जाने को तोलने के लिए वहाँ कोई तुला न हो;

और किसी डंडे या थाह लेने वाली डोरी से अपने ज्ञान की गहराई को नापने की कोशिश न करें

क्यों कि आत्म-तत्त्व एक अनहद और अथाह सागर है,

ऐसा मत कहो कि "मैंने सत्य को पा लिया है", बल्कि यह कहो कि मैंने एक सत्य को पाया है।

ऐसा मत कहो कि "मैंने आत्मा के मार्ग को पा लिया है", बल्कि यह कहो कि "अपने मार्ग पर चलते हुए मेरी आत्मा से भेंट हुई।"

क्यों कि आत्मा सभी मार्गों पर चलती है।

आत्मा किसी पंक्ति में नहीं चलती और न ही बांस की तरह बढ़ती है।

आत्मा खिलती है, जैसे कोई असंख्य पंखुड़ियों वाला कमल खिल रहा हो।

17

अध्यापन

तब एक अध्यापक ने कहा, हमें अध्यापन के बारे में बताओ।

और उसने कहा:

तुम्हारी ज्ञान यात्रा की भोर से, जो तुम्हारे भीतर पहले से ही अर्ध-सुप्त अवस्था में उपस्थित है, उसके अलावा, कोई भी व्यक्ति किसी भी अतिरिक्त ज्ञान से, तुम्हें परिचित नहीं करवा सकता।

जो अध्यापक अपने शिष्यों के साथ मंदिर की छाया में विचरण करता है, वह अपना ज्ञान नहीं देता, बल्कि निःसंदेह अपना विश्वास और स्नेह देता है।

अगर वह सचमुच ज्ञानी है तो, वह तुम्हें अपने ज्ञान मंदिर में प्रवेश करने को नहीं कहता ,बल्कि वह तुम्हें तुम्हारी बुद्धि की दहलीज तक पहुंचाता है।

खगोल-विज्ञानी अपने अंतरिक्ष के ज्ञान की तुम से चर्चा कर सकता है परन्तु वह तुम्हें अपनी समझ नहीं दे सकता।

संगीतज्ञ तुम्हें आकाश में बिखरी हुई धुनों में से कोई धुन तुम्हें गा कर सुना सकता है, पर वह तुम्हें वह कान नहीं दे सकता जो उस धुन को पकड़ते हैं ,और न ही वह आवाज़ दे सकता है जो उसे गुंजायमान करती है।

और जो निपुण गणितज्ञ है ,वह तौल और माप के लोक के बातें कर सकता है,लेकिन वह तुम्हें वहां ले जा नहीं सकता ।

क्यों कि एक व्यक्ति की दूरदर्शिता दूसरे व्यक्ति की कल्पनाओं को पंख नहीं दे सकती।

और जैसे हर एक व्यक्ति ईश्वर समक्ष अकेला खड़ा होता है, वैसे ही ईश्वरीय ज्ञान और लौकिक अनुभूति की राह में तुम में से हर एक को एकांत ही होना चाहिए।

18

मित्रता

तब एक नवयुवक बोला,हमें मित्रता के बारे में बताओ।

और उसने उत्तर देते हुए कहा:

तुम्हारा मित्र तुम्हारी आवश्यकताओं की पूर्ति है।

वह तुम्हारा खेत है जिसमें तुम प्रेम से बीज बोते हो और कृतज्ञता से फ़सल काटते हो।

और वह तुम्हारे भोजन की चौकी और अंगीठी है।

क्योंकि तुम भूखे होने पर उसके पास आते हो और सुकून की खोज में भी आते हो।

जब तुम्हारा मित्र अपने मन की बात खुलकर कहता है तो अपने मन की "ना " को कहने से मत डरो और ना ही तुम अपनी "हाँ" को मन में रखो।

और जब वह चुप होता है, तब ही तुम्हारा ह्रदय उसके मन की बात सुनना बंद नहीं करता।

क्योंकि दोस्ती में बिना शब्दों के ही, सभी विचार, सभी इच्छाएं ,सभी उम्मीदें, पैदा होती हैं और एक अनाम आनन्द के साथ साझा होती हैं।

जब तुम अपने मित्र से जुदा होते हो तुम दुखी मत हो, क्यों कि,क्या पता उसके अभाव में तुम्हें उसका सबसे सुन्दर पक्ष अधिक साफ़ दिखाई देने लगे ,जैसे पर्वतारोही को मैदान से पहाड़ अधिक पूर्ण दिखाई देता है।

और आत्मीयता को गहरा करने के सिवाय तुम्हारी दोस्ती का कोई और मक़सद नहीं होना चाहिए।

क्यों कि जो प्रेम अपने ही रहस्य के भेद खोलने के अलावा कुछ भी और खोजता है, तो वह प्रेम नहीं है, बल्कि एक बिछाया हुआ जाल है ,जिसमें सिर्फ व्यर्थ चीज ही फंसेगी।

ऐसा करो कि, तुम्हारी श्रेष्ठ चीजें तुम्हारे दोस्त के लिए हों।

अगर उसके लिए तुम्हारे जीवन की लहरों के उतराव को जानना जरूरी है तो उसे चढ़ाव के बारे में भी पता लगना चाहिए।

क्योंकि, तुम्हारा मित्र क्या है ,वह जिसे तुम अपना खाली समय काटने के लिए खोजते हो?

उसे हमेशा क्षणों को जीवन देने के लिए खोजो।

क्यों कि वह तुम्हारी आवश्यकताओं को पूरा करने के लिए है न कि तुम्हारे खालीपन को भरने के लिए।

और इस मित्रता की मधुरता में कुछ हंसी हो और कुछ sanjha उल्लास हो।

क्योंकि, ओस की बूंदों सी; छोटी–छोटी चीजों में ही ह्रदय को प्रभात मिलती है और ताज़गी का आभास होता है।

19

वार्तालाप

और तब एक विद्वान ने कहा, वार्तालाप के बारे में कहो

और उसने उत्तर देते हुए कहा-

जब तुम्हारी अपने विचारों के साथ शांति भंग हो जाती है तब तुम वार्तालाप करते हो।

जब तुम अपने हृदय के एकांतवास में और नहीं ठहर पाते, तुम अपने होंठों पर बसते हो, और आवाज़ एक दिशा परिवर्तन और समय काटने का साधन है।

और तुम्हारी अधिकांश वार्तालापों में विचार की अर्ध-हत्या हो जाती है।

क्यों कि विचार आकाश का पंछी है ,जो शब्दों के पिंजरे में अपने पंख सचमुच फैला तो सकता है पर उड़ान नहीं भर सकता।

तुम में से कुछ ऐसे हैं जो एकांत के भय से किसी बातूनी को खोजते हैं,

एकांत का मौन उनकी आंखों के सामने उनका नग्न व्यक्तित्व को दर्शाता है और वह उससे भागना चाहते हैं।

और कुछ ऐसे हैं जो बात करते हुए, बिना ज्ञान के और बिना पूर्व विचारे एक ऐसे सत्य को प्रकट करते हैं जिसे वह स्वयं भी नहीं समझते।

और कुछ ऐसे हैं जिनके भीतर सत्य है पर वे इसे शब्दों में प्रकट नहीं करते।

ऐसे ही लोगों के सीने में बहते लयबद्ध मौन में दिव्यता वास करती है।

जब तुम अपने किसी मित्र से रास्ते या बाज़ार में मिलो तो, अपने होंठों का स्पंदन और जिह्वा का संचालन स्वयं में निहित दिव्यता को करने दो।

तुम अपनी वाणी की मर्म वाणी को उसके कर्ण के मर्म कर्ण से बात करने दो।

क्यों कि उसकी आत्मा, तुम्हारे हृदय के इस सत्य को मदिरा के स्वाद के स्मरण की तरह संजो कर रखेगी, भले ही उसका रंग विस्मृत हो चुका हो और उसका पात्र न बचा हो।

20

समय

और एक खगोल-शास्त्री ने कहा, महानुभाव, समय के बारे में क्या कहना है?

और उसने जवाब दिया:

तुम समय को मापोगे, जो कि माप-हीन और अमाप्य है।

तुम काल और ऋतुओं की गणना से अपने कार्यों और यहाँ तक कि आत्मा की प्रगति को भी संचालित करना चाहोगे।

तुम समय की धारा बनाओगे और फिर उसके किनारे बैठकर तुम उसके प्रवाह को देखोगे।

परन्तु तुम में जो समय विहीन है वह जीवन की समय-विहीनता से परिचित है और वह जानता है कि भूतकाल आज की स्मृति है, और भविष्य आज का सपना।

और जो तुम्हारे अंतःकरण में गुनगुनाता है और चिंतन करता है,वह अब भी उसी पहले क्षण की परिधि में विद्यमान है जिस क्षण सितारे ब्रह्माण्ड में बिखरे थे।

तुम में से कौन यह अनुभव नहीं करता कि उसकी प्रेम करने की शक्ति असीमित है?

और फिर भी, कौन अनुभव नहीं करता कि वह प्रेम असीमित होते हुए भी उसके अस्तित्व के घेरे के केंद्र में विद्यमान हैऔर एक प्रेम भाव से दूसरे प्रेम भाव की तरफ नहीं चलता और न ही एक प्रेम कृत्य से दूसरे

प्रेम कृत्य की ओर?

और क्या समय प्रेम की भांति ही अविभाजित और अचल नहीं है?

पर अगर अपने चिंतन में तुम्हें समय को ऋतुओं में मापना ही है ,तो हर एक ऋतु में सभी ऋतुओं को समाहित होने दो।

और वर्तमान का आलिंगन होने दो, अतीत की स्मृतियों से और भविष्य की कामनाओं से।

21

अच्छाई- बुराई

और नगर के एक वृद्ध ने कहा, हमें अच्छाई और बुराई के बारे में बताओ।

और उसने उत्तर दिया-

तुम्हारे भीतर जो अच्छाई है, मैं उसके बारे में बात कर सकता हूँ पर बुराई की नहीं।

क्योंकि, बुराई और है क्या, सिवाय अपनी ही भूख और प्यास द्वारा उत्पीड़ित अच्छाई के?

वास्तव में ,जब अच्छाई भूखी होती है तो अँधेरी गुफाओं में भी खाना खोजती है ,और जब यह प्यासी होती है तो सड़ांध भरा पानी भी पी जाती है।

तुम अच्छे हो जब तुम स्वयं से प्रत्यक्ष होते हो, और जब तुम स्वयं से प्रत्यक्ष नहीं होते तो भी बुरे नहीं हो।

क्यों कि विभाजित घर चोरों की मांद नहीं, सिर्फ एक विभाजित घर ही होता है।

और एक जलयान बिना दिशा सूचक के भयावह द्वीपों में मार्ग-विहीन भटक सकता है फिर भी वह समुद्रतल तक डूब नहीं जाता।

तुम अच्छे हो, जब तुम स्वयं को समर्पित करने का प्रयास करते हो, लेकिन जब तुम आत्म हित के बारे में सोचते हो तब भी बुरे नहीं हो।

क्यों कि जब तुम आत्म हित के लिए प्रयास करते हो तो तुम एक जड़ हो, जो धरती से लिपट कर उसका स्तन-पान करती है।

निश्चय ही फल जड़ से यह नहीं कह सकता, " मेरी तरह बनो, पूर्ण एवं परिपक्व और सदा अपनी प्रचुरता से देने वाला "।

जैसे प्रदान करना फल की आवश्यकता है, वैसे ही प्राप्त करना जड़ की आवश्यकता है।

तुम अच्छे हो जब तुम बोलते हुए पूरी तरह जागृत होते हो, लेकिन तुम तब भी बुरे नहीं होते जब सो रहे होते हो और तुम्हारी वाणी बिना किसी लक्ष्य के लड़खड़ाती है।

और यहाँ तक की लड़खड़ाती वाणी भी दुर्बल वाणी को सशक्त कर सकती है।

तुम अच्छे हो जब तुम अपने लक्ष्य की ओर दृढ़ता और साहस के साथ कदम उठाकर चलते हो।

लेकिन तुम तब भी बुरे नहीं होते जब तुम लंगड़ाते हुए वहां जाते हो।

यहाँ तक कि जो लंगड़ाते हैं वह भी पीछे की तरफ नहीं चलते।

परन्तु तुम लोग जो बलशाली और स्फूर्तिवान हो, ध्यान रहे कि, दया भाव समझकर कहीं तुम लंगड़े के सामने लंगड़ाने न लगो।

तुम अनगिनत तरह असंख्य रूपों में अच्छे हो, और तुम तब भी बुरे नहीं हो जब तुम अच्छे नहीं हो।

तुम सिर्फ आवारा और आलसी हो।

अफ़सोस कि बारहसिंगे कछुओं को चुस्ती नहीं सिखा सकते।

अपने विशाल स्वरूप को पाने की लालसा में तुम्हारी अच्छाई निहित है, और यह लालसा तुम सभी में है।

पर तुम में से कुछ में यह लालसा, समुद्र की तरफ भागती हुई प्रचंड धारा है, जो पर्वतीय ढलानों के रहस्यों और वन के गीतों को लादे हुए है।

और दूसरों में यह समतल धारा है, जो कोनों और मोड़ों में ठहरते हुए समुद्र किनारे पहुंचने से पहले ही लुप्त हो जाती है।

पर जिसकी लालसा बड़ी है वह छोटी लालसा वाले से यह न कहे कि,

"किस कारण तुम धीमे और रुक-रुक कर चलते हो?"

क्यों कि जो वास्तव में अच्छा है वह किसी नग्न को यह नहीं पूछता कि," तुम्हारे वस्त्र कहाँ हैं ?" और न ही बेघर से कि, " तुम्हारे घर पर कौन सी विपदा आन पड़ी?"

22

प्रार्थना

तब एक पुजारिन ने कहा, हमें प्रार्थना के बारे में कहो,

और उसने जवाब देते हुए कहा:

तुम प्रार्थना करते हो जब तुम कष्ट में होते हो या फिर किसी आवश्यकता के लिए, काश! ऐसा हो कि तुम अपने भरपूर आनंद और समृद्धि के दिनों में भी प्रार्थना करो।

क्यों कि प्रार्थना है क्या ,सिवाय चेतन व्योम में तुम्हारे आत्म विस्तार के?

और अगर यह तुम्हें राहत देने के लिए है, कि तुम अपने अंधकार को आकाश में उड़ेल दो, तो यह तुम्हारे हर्ष के लिए भी होना चाहिए कि तुम अपने ह्रदय के सूर्योदय को भी उड़ेलो।

जब तुम्हारी आत्मा तुम्हें प्रार्थना के लिए पुकारती है, मगर तुम सिवाय रोने के कुछ और नहीं कर सकते तो, तुम्हारी आत्मा को तुम्हें बार-बार प्रेरित करते रहना चाहिए ,हालाँकि तुम रो रहे होगे फिर भी, जब तक कि तुम हँसते हुए नहीं आते।

जब तुम प्रार्थना करते हो, तुम नभचर होकर उनकी संगति कर लेते हो जो उस क्षण प्रार्थना कर रहे होते हैं और प्रार्थना काल के अतिरिक्त तुम्हारी उनसे भेंट होना संभव नहीं।

इसलिए अगर तुम उस अदृश्य मंदिर का फेरा लगाओ तो किसी और वस्तु के लिए नहीं बल्कि सिर्फ परम् आनंद और मधुर मिलन के लिए।

क्योंकि अगर तुम्हारा मंदिर में प्रवेश का उद्देश्य माँगने के अतिरिक्त कुछ और है ही नहीं, तो तुम्हें नहीं मिलेगा।

और अगर तुम इस में अपने आप को विनयशील बनाने के लिए प्रवेश करते हो तो, तुम्हारा उत्थान नहीं होगा।

और यहाँ तक कि अगर तुम परमार्थ की याचना करने के लिए इस में प्रवेश करते हो, तो भी तुम्हारी सुनवाई नहीं होगी।

बस इतना पर्याप्त है कि तुम इस अदृश्य मंदिर में प्रवेश करो।

मैं तुम्हें शब्दों में प्रार्थना करना नहीं सिखा सकता।

परमात्मा तुम्हारे शब्दों को नहीं सुनता सिवाय तब के, जब वह स्वयं तुम्हारे होंठों से उन्हें बुदबुदाता है।

और मैं तुम्हें समुद्रों, वनों और पर्वतों की प्रार्थना नहीं सिखा सकता,

और तुम लोग, जो कि पर्वतों, जंगलों, और समुद्रों की सन्तान हो अपने हृदय में उनकी प्रार्थना की अनुभूति कर सकते हो।

और अगर तुम सुन सको तो, रात की निस्तब्धता में तुम उन्हें मौन में यह कहते हुए सुनोगे,

“हे ईश्वर, तू हमारा परम स्वरूप है, यह तेरी ही संकल्प शक्ति है जो हमारा संकल्प बन उजागर होती है।

यह तुम्हारी ही कामना है जो हमारी मनोकामना बन उजागर होती है।

हम में व्याप्त, यह तुम्हारी ही प्रेरणा है जो उन रातों को, जो कि तुम्हारी हैं, को उन दिनों में परिवर्तित कर देती है, जो तुम्हारे ही हैं।

हम तुझसे किसी भी वस्तु की याचना नहीं कर सकते, क्यों कि तू हमारी अपेक्षाओं का हमारे भीतर सृजन होने से भी पूर्व से अभिज्ञ होता है।

तू हमारी आवश्यकता है, और स्वयं को हम में ज्यादा बांटते हुए तू हमें समस्त ही दे डालता है।”

23

भोग -विलास

तब एक वैरागी, जो नगर में वर्ष में एक बार आता था, आगे बढ़ा और बोला,

हमें भोग-विलास के बारे में बताओ

और उसने उत्तर देते हुए कहा:

भोग-विलास एक मुक्ति–गीत है

पर यह मुक्ति नहीं है।

यह तुम्हारी इच्छाओं का खिलना है

पर यह उनका फल नहीं है।

यह ऊँचाई को पुकारती एक गहराई है

पर यह न तो ऊँचाई है न ही गहराई।

यह पिंजरे से मुक्त हुए की उड़ान है।

पर इस उड़ान में पार किया गया आकाश शामिल नहीं है।

हाँ ,सच में, भोग-विलास एक मुक्ति–गीत है।

मुझे प्रसन्नता होगी अगर तुम इसे पूरे मन से गाते हो, फिर भी मैं यह नहीं चाहूँगा कि तुम गाने में अपना हृदय खो दो।

और तुम्हारे कुछ युवा भोग-विलास को यूँ खोजते हैं जैसे यही सब कुछ हो, और उन्हें आँका जाता है, फटकारा जाता है।

मैं उन्हें न तो आँकूंगा और न ही फटकारूँगा, मैं उन्हें खोजने दूंगा, ताकि वह भोग-विलास को पा लें , पर सिर्फ अकेली उसको ही नहीं ;

उसकी सात बहने हैं, एक से एक सुन्दर, भोग-विलास से भी ज्यादा मनमोहक।

क्या तुम ने उस व्यक्ति के बारे में नहीं सुना है, जो कन्द मूल के लिए भूमि खोद रहा था और उसे कोष मिल जाता है।

और तुम्हारे कुछ वृद्ध भोग-विलास को पश्चाताप के साथ स्मरण करते हैं जैसे मदिरा के नशे में कुछ भूल की हो।

पर पश्चाताप मनस का धुंधला पड़ जाना है न कि इसका पवित्रीकरण।

उन्हें अपने भोग-विलास को कृतज्ञता के साथ याद करना चाहिए, जैसे वह बीती हुई फसल कटाई को याद करते हैं।

फिर भी अगर उन्हें पश्चाताप करने में ही शान्ति मिलती है, तो उन्हें शान्ति लेने दो।

और तुम में से कुछ यहाँ ऐसे है जो न तो इतने युवा हैं कि खोज सकें और न ही इतने वृद्ध कि स्मरण कर सकें।

और इस खोजने और स्मरण करने के भय में वे सारे भोग-विलास ही त्याग देते हैं, कि कहीं वह अपनी आत्मा की उपेक्षा तो नहीं कर रहे या फिर उसको अपमानित तो नहीं कर रहे।

लेकिन उनके इस त्याग में भी भोग विलास है।

और इस तरह वह भी कोष पा ही लेते हैं, हालाँकि वे कांपते हुए हाथों से कन्द मूल के लिए खोद रहे होते हैं।

पर मुझे बताओ, वह कौन है जो आत्मा को अपमानित कर सकता है?

क्या कोयल रात की निस्तब्धता को अपमानित कर सकती है या जुगनू सितारों को?

और क्या तुम्हारी आग की लपटें और तुम्हारा धुआँ पवन को बोझ लगेगा?

क्या तुम यह सोचते हो कि आत्मा एक ठहरा हुआ जल कुंड है और जिसे तुम डंडी घुमाकर अशांत कर सकते हो?

प्रायः जब तुम भोग विलास को त्यागते हो वास्तव में तुम अपनी इच्छा को अपने अस्तित्व की गहराइओं में छुपा देते हो।

परन्तु कौन जानता है जो आज लुप्त हुई लगती है, कल की प्रतीक्षा में है?

यहाँ तक कि तुम्हारी काया भी अपना उत्तराधिकार और इसकी उचित आवश्यकताओं को जानती है और धोखा नहीं खाएगी।

और तुम्हारी काया तुम्हारी आत्मा की वीणा है।

और यह तुम पर निर्भर है कि तुम इससे मधुर संगीत निकालते हो या सुर हीन आवाजें।

अब तुम अपने ह्रदय में पूछोगे, " हम यह भेद कैसे करेंगे कि कौन सा भोग विलास उचित है और कौन सा नहीं?"

तुम अपने खेतों और बगीचों में जाओ, और तुम सीखोगे कि यह मधु मक्खी का भोग–विलास है कि वह पुष्प से मधु संचय करें।

पर यह पुष्प का भी भोग-विलास है कि वह मधुमक्खी को अपना मधु समर्पित करें।

क्यों कि मधुमक्खी के लिए पुष्प एक जीवन का स्रोत है और पुष्प के लिए मधुमक्खी एक प्रेम-दूत है।

और मधुमक्खी और पुष्प दोनों के लिए ,भोग विलास का आदान प्रदान एक आवश्यकता और परम्–आनंद है।

ओर्फलीज़ के लोगों, अपने भोग विलास में पुष्पों और मधुमक्खियों जैसे बनो।

24

सौन्दर्य

और एक कवि ने कहा, हमें सौन्दर्य के बारे में बताओ ,

और उसने जवाब दिया:

तुम सुन्दरता को कहाँ खोजोगे, और तुम उसे कैसे पाओगे, जब तक कि वह स्वयं तुम्हारा पथ और पथ-प्रदर्शिका नहीं बन जाती ?

और तुम उसके बारे में बोल ही कैसे सकते हो जब तक कि वह स्वयं तुम्हारी वाणी को नहीं बुनती?

पीड़ित और घायल कहते हैं " सुन्दरता दयालु और सौम्य है, वह हमारे बीच अपनी ही आभा के प्रति अर्ध-शर्मीली नव यौवन माँ की तरह आती है।"

और जोशीले कहते हैं, नहीं, सौन्दर्य बलशाली और भयावह वस्तु है।

वह आंधी की तरह हमारे नीचे की भूमि और ऊपर के आकाश को हिला देती है।

थके और उकताये हुए कहते हैं " सौन्दर्य कोमल कानाफूसी की रचना है वह हमारी आत्मा में बात करती है,

उसकी वाणी हमारी खामोशियों में ऐसे समाती है, मानो अँधेरे के डर से कांप रही मंद रोशनी।"

परन्तु व्याकुल कहते हैं, "हम ने उसे पर्वतों के बीच चिल्लाते सुना है, और, फिर टापों की आवाज़, पंखों की फडफडाहट , सिंहों की दहाड़ भी उसकी चिल्लाहट के साथ हो लेती हैं।"

रात्रि में नगर के पहरेदार कहते है, "सौन्दर्य का उदय भोर में पूर्व से होगा।"

और दोपहर के समय श्रमिक और बटोही कहते हैं, " हमने उसे सूर्यास्त के झरोखों से धरती पर झुकते देखा है।"

सर्दियों में बर्फ में घिरे हुए कहते हैं," वह बसंत में पर्वतों से छलांगे लगाती हुई आयेगी।"

गर्मियों की तपन में फसल कटाई वाले कहते हैं," हम ने उसे पतझड़ के पत्तों के साथ नाचते देखा है,और हम ने उसके बालों से बर्फ टपकते देखा है।"

सौन्दर्य के बारे में तुम लोगों ने यह सब बातें कहीं, पर सत्य यह है कि तुम लोगों ने उसकी बात नहीं की, बल्कि तुम्हारी अतृप्त आवश्यकताओं की बात की।

और सौन्दर्य कोई आवश्यकता नहीं, बल्कि परम आनंद है।

यह कोई प्यासा कंठ नहीं है और न ही फैलाया हुआ खाली हाथ,

बल्कि एक प्रज्वलित हृदय और एक मंत्र-मुग्ध चित्त।

यह न तो कोई है आकृति है जिसे तुम निहारोगे, और न ही कोई गीत है जिसे तुम सुनोगे,

बल्कि एक आकृति जिसे तुम तब भी देखते हो जब तुम्हारी आंखें बंद होती है,और एक गीत जिसे तुम तब भी सुनते हो जब तुम्हारे कान बंद होते हैं।

यह न तो वृक्ष की खुरदरी छाल तले दबा रस है और न ही पक्षी के डैने से जुड़ा कोई पंख ,

बल्कि एक उपवन जिसमें पुष्प सदैव खिले रहते हैं, और एक फरिश्तों का समूह जो हमेशा उड़ान में रहता है।

ओर्फलीज़ के लोगों, सौन्दर्य ज़िन्दगी का वह रूप है, जब ज़िन्दगी अपने पवित्र चेहरे से घूँघट उठाती है,

पर तुम ही ज़िन्दगी हो, तुम ही घूँघट।

सौन्दर्य, स्वयं को दर्पण में निहारती नित्यता है,

पर तुम ही नित्यता हो और तुम ही दर्पण।

25

धर्म

और एक वृद्ध पुजारी ने कहा, हमें धर्म के बारे में बताओ।

और उसने कहा; क्या आज मैं सिवाय इसके और कुछ भी बोला हूँ?

क्या सारे कर्म और सारी धारणाएं, और वो भी, जो ना ही कर्म है और ना ही धारणा, बल्कि आत्मा में सदैव फूटता हुआ एक चमत्कार और एक आश्चर्य, तब भी जब हाथ पत्थर तराश रहे हों या करघा चला रहे हों, धर्म नहीं है?

कौन विश्वास को उसके कर्मों से पृथक कर सकता है या फिर मतों को उसकी जीविका से पृथक कर सकता है? कौन अपने क्षणों को अपने आगे यह कहते हुए फैला सकता है कि ,"यह परमात्मा के लिए है और यह मेरे लिए ; यह मेरी आत्मा के लिए है और यह मेरी काया के लिए?"

तुम्हारे समस्त क्षण पंख हैं जो आकाश में स्वयं से स्वयं तक की उड़ान भरते हैं।

वह जो अपनी नैतिकता को उत्कृष्ट *परिधान* की तरह पहने रहता है, उसका नग्न रहना ही सही है।

पवन और सूर्य उसकी त्वचा में कोई छिद्र नहीं कर देंगे।

और जो अपने आचरण को नैतिकता से परिभाषित करता है, वह अपनी सुरीली चिड़िया को पिंजरे में बंद कर देता है।

स्वछन्द गीत सलाखों और बाड़ के पीछे से नहीं आता।

और वह जिसके लिए साधना एक झरोखा है जिसे वह खोल सकता और बंद भी कर सकता है, उसने अभी तक अपनी आत्मा के घर का फेरा नहीं लगाया है जिसके झरोखे सूर्योदय से सूर्योदय तक खुले रहते हैं।

तुम्हारी दिनचर्या तुम्हारा मंदिर और धर्म है।

जब भी तुम इस में प्रवेश करो तो अपने साथ अपना सब कुछ ले के चलो।

हल और भट्टी* साथ ले लो और हथौड़ी और बांसुरी भी, और वे सब वस्तुएँ भी, जिनको तुमने अपनी आवश्यकताओं या आनंद के लिए बनाया है।

क्योंकि उन्मादी ख्यालों में भी तुम अपनी सफलताओं से ऊँचे नहीं उठ सकते और न ही अपनी विफलताओं से नीचे गिर सकते हो।

तुम अपने साथ सभी लोगों को ले कर चलो, क्यों कि आस्था में तुम उनकी आशाओं से ऊँची उड़ान नहीं भर सकते और न ही स्वयं को उनकी निराशाओं से नीचे गिरा सकते हो।

और अगर तुम ईश्वर को जानना चाहते हो तो पहेलियाँ बूझने वाला मत बनो।

बल्कि अपने चारों ओर देखो, तुम उसे अपने बच्चों के साथ खेलते पाओगे।

और आकाश की तरफ निहारो, तुम देख पाओगे उसे, बादलों में चलता हुआ ,बिजलियों में अपनी बाँहें फैलाये हुए और बारिश में उतारते हुए।

तुम उसे फूलों में मुस्कराते हुए देखोगे, और फिर ऊपर उठते हुए वृक्षों में हाथ हिलाते हुए पाओगे।

*(*लोहा गर्म करने वाली भट्टी*)

26

मृत्यु

तब अ्लमित्रा बोली, यह कहते हुए, अब हम मृत्यु के बारे में पूछेंगे।

और उसने कहा :

तुम लोग मृत्यु के रहस्य को जान जाओगे।

परन्तु तुम उसे कैसे पा सकते हो जब तक कि तुम उसे जीवन के हृदय में नहीं खोजते?

वह उल्लू, जिसकी रात के लिए बनी आंखें दिन के उजाले के प्रति अंधी होती हैं ,उजाले के रहस्य से पर्दा नहीं उठा सकता।

अगर तुम सचमुच मृत्यु की चेतना को निहारना चाहते हो तो, जीवन की काया के समक्ष अपने हृदय को पूरी तरह खोलकर रख दो।

क्योंकि जीवन और मृत्यु एक हैं जैसे कि नदी और सागर एक हैं ,

तुम्हारी आशाओं और इच्छाओं की गहराइयों में तुम्हारा परा लोक का मौन-ज्ञान निहित है; और बर्फ के नीचे दबे बीज की तरह तुम्हारा हृदय भी बसंत के स्वप्न देखता है।

उन स्वप्नों पर विश्वास करो, क्योंकि उन में अमरत्व का द्वार छिपा है।

तुम्हारा मृत्यु-भय, उस गडरिये की डर से छूटती कंपकंपी सा है, जो राजा के हाथों सम्मानित होने के लिए उसके समक्ष खड़ा है।

क्या गड़रिये की उस कंपकंपी में हर्ष नहीं है कि वह राज-चिन्ह धारण करेगा?

फिर भी, क्या वह कंपकंपी के प्रति ज्यादा सचेत नहीं है?

क्यों कि मरण का अर्थ क्या है सिवाय पवन में नग्न खड़े होने और धूप में पिघल जाने के?

और श्वास का रुक जाना है क्या, सिवाय सांसों का व्याकुल उतार -चढ़ाव से बंधनमुक्त हो जाने के , ताकि वह उठें, फैलें और निर्बाध होकर परमात्मा को खोजें ?

तुम वास्तव में तभी गा पाओगे, जब तुम मौन की सरिता से पीओगे।

और जब तुम पर्वत – शिखर तक पहुँच चुके होगे , तब तुम चढ़ना आरंभ करोगे।

और जब धरती तुम्हारे अंगों पर अपना अधिकार जताएगी तब तुम वास्तव में नृत्य करोगे।

∞. प्रस्थान

अब साँझ हो चुकी थी और दृष्टा अ्लमित्रा बोली, सौभाग्यशाली है यह दिन और स्थान जब तुम्हारी पुण्यात्मा ने अमृत-वाणी बरसाई है।

और उस ने जवाब दिया, क्या यह मैं था, जो बोला ? क्या मैं भी एक श्रोता नहीं था?

तब वह मंदिर की सीढ़ियों से उतरता है और लोग उस के पीछे चलते हैं ,वह अपने जलयान तक पहुँचा और उसकी छत पर खड़ा हो गया, और पुनः लोगों की तरफ चेहरा घुमा कर ओजस्वी स्वर में बोला:

ओर्फलीज़ के निवासियों, पवन मुझे तुम से विदा लेने को कह रही है, हालांकि मैं तुम से विदा लेने में पवन से कम उतावला हूँ, फिर भी मुझे जाना ही पड़ेगा।

हम घुमक्कड़ हमेशा अति एकांत पथ खोजते रहते हैं, जहाँ हम ने पिछला दिन बिताया होता है वहां से कभी अगला दिन आरम्भ नहीं करते, कोई भी सूर्योदय हमें वहां नहीं पाता जहाँ पर उसने सूर्यास्त पर छोड़ा होता है, हम तब भी चलते रहते है जब धरती सोती है।

हम अक्खड़ पौधे के बीज हैं, हमारे परिपक्व हो जाने पर एवम् हृदय की पूर्ण तृप्त अवस्था में हमें लहराती पवन की भेंट कर दिया जाता है, बिखरने के लिए।

तुम्हारे साथ बीते मेरे वे दिन अपर्याप्त थे और वह शब्द भी अपर्याप्त थे जो मैंने बोले,

पर जब मेरी वाणी तुम्हारे कानों में कुम्हलाने लगे ,और मेरा प्रेम तुम्हारी स्मृति से मिटने लगे, मैं पुनः आऊंगा, हृदय में और भी ज्यादा संवेदनशीलता लिए हुए, तुम्हारी आत्मा को बेहतर ढंग से भेदने वाली वाणी के साथ।

हाँ मैं लौटूंगा, उठती हुई लहरों के साथ।

भले ही मृत्यु मुझे छुपा दे और महा-मौन मुझे ढक दे फिर भी मैं पुनः तुम्हारी समझ की खोज में रहूँगा और मेरी यह खोज व्यर्थ नहीं होगी।

जो कुछ भी मैंने कहा, यदि वह सत्य है तो वह सत्य स्वयं को स्पष्ट वाणी और तुम्हारे विचारों के प्रिय शब्दों में व्यक्त करेगा।

ओर्फलीज़ के निवासियों मैं पवन के साथ जाता हूँ पर शून्यता में नहीं।

अगर यह दिन तुम्हारी आवश्यकताओं और मेरे प्रेम की तृप्ति का दिन नहीं है तो इसे भविष्य का वचन समझ लो।

मनुष्य की जरूरतें बदलती रहती हैं पर उसका प्रेम नहीं, न ही उसकी यह इच्छा कि उसका प्रेम उसकी आवश्यकताओं को पूरा करे।

इसलिए जान लो कि मैं महा-मौन से लौटूंगा।

सुबह जो धुंध भटकती है, वह खेतों में ओस बन जाती है, फिर वह उठती है बादल बन जाती है और अंततः बारिश बन गिरती है।

मेरी परिस्थिति भी धुंध से भिन्न नहीं है।

मैं रात की निस्तब्धता में तुम्हारी गलियों में घूमा हूँ और मेरी आत्मा तुम्हारे घरों में मेहमान रही है।

और तुम्हारी धड़कनें मेरे हृदय में थी और तुम्हारी सांसें मेरे चेहरे पर थीं, मैं तुम सब को जानता था।

हाँ, मैं तुम्हारे आनन्द और पीड़ा को जानता हूँ और तुम्हारी निद्रा में तुम्हारे स्वप्न मेरे स्वप्न थे।

और प्रायः मैं तुम्हारे साथ ऐसे था जैसे पर्वतों के बीच कोई झील हो।

मैं दर्पण बना, तुम्हारी ऊँचाइयों का, बल खाती उतराईयों का यहाँ तक कि तुम्हारे विचारों और इच्छाओं के उड़ते झुंड का भी।

और मेरे मौन की ओर, तुम्हारे बच्चों की किलकारियां जलधाराएं बन और नवयुवकों की लालसाएँ नदियाँ बनकर आई थीं। और उन जलधाराओं और नदियों ने मेरी गहराइयों में समाने पर भी गाना बंद

नहीं किया।

बल्कि किलकारियों से भी ज्यादा मधुर और अभिलाषाओं से भी वृहत् हो कर मुझ तक आईं।

वह थी तुम्हारे भीतर की असीमितता।

एक महा मानव जिसके तुम मांस और मज्जा मात्र हो, वह; जिसके आलाप में, तुम्हारा समस्त गायन नीरव स्पन्दन मात्र है।

उस महा मानव के अंश में निहित तुम भी महान हो।

और उसे निहारने में ही मैंने तुम्हें निहारा और प्रेम किया था,

क्यों कि, प्रेम ऐसी कौन सी दूरियां तय सकता है, जो उस विशाल परिधि के भीतर न समा सके?

कौन सी दृष्टि, कौन सी उम्मीदें और कौन से अनुमान उस से भी ऊँची उड़ान भर सकती हैं?

वह महा-मानव तुम में ऐसा है जैसे सेब के फूलों से घिरा कोई विशाल ओक का वृक्ष।

उसकी शक्ति तुम्हें धरती से बांधती है, उसकी महक तुम्हें आकाश की तरफ उठाती है और उसकी अक्षयता में तुम मृत्यु-विहीन हो।

तुम्हें बताया गया है कि तुम एक श्रृंखला में उतने ही अशक्त हो जितनी उसमें विद्यमान सबसे अशक्त कड़ी, परन्तु यह अधूरा सत्य है, तुम उतने ही सशक्त भी हो जितनी उसमें विद्यमान सबसे सशक्त कड़ी।

तुम्हारा आकलन, तुम्हारे सबसे छोटे कर्म से करना ऐसा है जैसे महासागर के बल का आकलन उसकी झाग की क्षण-भंगुरता से किया जाये।

तुम्हारा आकलन तुम्हारी विफलताओं से करना, इस तरह है जैसे ऋतुओं को उनकी अनिश्चितताओं के लिए दोषी ठहराया जाये ।

हां, तुम महासागर की तरह हो,

हालांकि भारी-भरकम जलयान तुम्हारे किनारों पर लहरों का इंतज़ार कर रहे हैं, फिर भी, महासागर की तरह, तुम भी अपनी लहरों को मर्जी से और तेज नहीं कर सकते।

तुम ऋतुओं की तरह भी हो, हालांकि सर्द ऋतु में तुम बसंत को अस्वीकारते हो, फिर भी तुम्हारे भीतर सुस्ता रहा बसंत ऊँघते हुए मुस्कराता है और जरा भी अपमानित महसूस नहीं करता।

ऐसा मत सोचो कि मैं तुम्हें यह सब बातें इस लिए कह रहा हूँ ताकि तुम एक दूसरे से कह सको कि उसने हमारी खूब प्रशंसा की, उस ने हम में कोई बुराई नहीं देखी।

मैं केवल उन बातों को शब्दों में बोल रहा हूँ जो तुम अपने विचारों में स्वयं ही जानते हो।

और यह शब्द–ज्ञान है क्या, केवल निःशब्द ज्ञान की छाया के सिवाय?

तुम्हारे विचार और मेरे शब्द स्मृति से भरी पोटली में से निकलती हुई लहरे हैं जो अतीत के अभिलेखों को सहेज कर रखती हैं ,और उन प्राचीन दिनों के जब यह धरती न स्वयं को पहचानती थी न हमें और उन रातों के भी जब यह धरती भ्रमित अवस्था में निर्माणाधीन थी।

ज्ञानी पुरुष तुम्हें अपना ज्ञान देने को तुम्हारे पास आते हैं ,पर मैं तुम लोगों से ज्ञान लेने आया था

और देखो मैंने कुछ पाया है जो ज्ञान से भी उत्तम है।

वह है तुम्हारे भीतर उपस्थित चैतन्य-ज्योति जो हर क्षण स्वयं को ज्यादा से ज्यादा संचित कर रही है।

जबकि तुम, उसके विस्तार से अनजान, कुम्हलाते हुए दिनों का शोक करते हो।

वह जीवन,जो अपने अस्तित्व को काया में खोजता है, श्मशान से डरता है।

जबकि यहाँ कोई श्मशान है ही नहीं।

यह पर्वत और मैदान एक पालना और एक सीढ़ी का पत्थर हैं ।

जब भी तुम उन खेतों से निकलो, जहाँ तुमने अपने पूर्वजों की अंत्येष्टि की थी, वहाँ ध्यान से देखना, तुम स्वयं को अपने बच्चों के साथ हाथ में हाथ लिए नृत्य करते पाओगे।

वास्तव में प्रायः तुम अनजाने में ही खुशियाँ मनाते हो।

दूसरे लोग तुम्हारे पास आए, जिन्होंने तुम्हारे विश्वास को सुनहरी वचनबद्धता से बांधे रखा, बदले में तुमने उन्हें धन, सत्ता और कीर्ति दी है।

मैं अपने किए वादों से कम ही दे सका, फिर भी तुम लोग मेरे प्रति अधिक उदार रहे हो,

तुम लोगों ने मुझे जीवन के प्रति मेरी गहनतम तृष्णा प्रदान की है।

निःसंदेह किसी व्यक्ति के लिए इस से उत्तम उपहार हो ही नहीं सकता कि उसकी समस्त आकांक्षाएं प्यास से झुलसे होंठों में और समस्त जीवन एक झरने में परिवर्तित हो जाए।

और इस में मेरा सम्मान और पुरस्कार निहित है कि,

जब भी मैं झरने के पास पीने आता हूँ तो मैं पाता हूँ कि जीवन्त-जल स्वयं ही अतृप्त है

और यह भी मेरा पान करता है जब मैं इसे पी रहा होता हूँ।

तुम में से कुछ ने मुझे उपहार स्वीकारने में घमंडी और अति शर्मीला समझा,

हाँ मैं बहुत घमंडी हूँ पारिश्रमिक लेने में परन्तु उपहार लेने में नहीं।

हालांकि मैंने पहाड़ियों में जाकर बेर खाए हैं, जब तुम लोग मुझे अपने साथ मंडली में बिठाकर भोजन कराना चाहते थे।

और जब तुम लोग मुझे ख़ुशी-ख़ुशी आश्रय देना चाहते थे ,मैं मंदिर प्रांगण में सोया।

फिर भी क्या यह मेरे दिनों और रातों के प्रति तुम लोगों की स्नेहपूर्ण सजगता नहीं थी, जिसने मेरे मुख के भोजन को मिठास से भर दिया था और मेरी निंद्रा को स्वप्नों से घेर लिया था ?

मैं तुम लोगों को इस बात के लिए सबसे अधिक साधुवाद दूंगा:

कि तुम खूब लुटाते हो और तुम्हें इस बात का जरा भी बोध नहीं कि तुमने कुछ दिया भी है।

वास्तव में जो अच्छाई स्वयं को दर्पण में निहारती है वह पत्थर में परिवर्तित हो जाती है।

और एक सत्कर्म जो स्वयं को मखमली नामों से पुकारता है वह अभिशाप का जनक बन जाता है।

और तुम मैं से कुछ ने मुझे एकांत प्रिय और अपने एकांत में मदहोश कहा।

और तुम लोगों ने कहा कि, " वह वन-वृक्षों से वार्तालाप करता है पर मनुष्यों से नहीं, वह पर्वत शिखर पर एकांत बैठकर हमारे नगर को नीची दृष्टि से देखता है।"

यह सत्य है कि में पर्वतों के शिखर पर चढ़ा हूँ और दूरस्थ स्थानों में घूमा हूँ।

मैं तुम्हें वास्तव में कैसे देख पाता, सिवाय इसके कि मैं तुम्हें गगन-चुम्बी ऊँचाइयों और लम्बी दूरी से देखता?

वास्तव में कोई निकट कैसे हो सकता है जब तक कि वह दूर न जाए?

और तुम में से कुछ लोगों ने मुझे अपने पास बुलाया और कहा पर शब्दों में नहीं:

"अजनबी, अजनबी, हाथ न आने वाली ऊँचाइयों का प्रेमी ,तुम उन ऊँचाइयों के बीच क्यों रहते हो जहाँ गरुड़ अपना घोंसला बनाते हैं ?

तुम उन्हें क्यों खोजते हो जिन्हें प्राप्त करना असम्भव है?

तुम अपने जाल में कौन से तूफानों को बाँधना चाहते हो?

और तुम आकाश में कौन से पवन-पक्षियों का शिकार करते हो?

आओ और हम जैसे हो जाओ।

नीचे उतरो, अपनी भूख हमारी रोटीओं से मिटाओ और अपनी प्यास हमारी मदिरा से बुझाओ।"

अपनी आत्मा के एकांत-वास में उन्होंने यह बातें कहीं;

परन्तु अगर उनका एकांत और भी गहरा होता तो उन्हें पता चल जाता कि मेरी खोज का आशय तुम्हारी पीड़ा और तुम्हारे उल्लास के भेद जानना भर था।

और मैंने सिर्फ आकाश में विचरण करते तुम्हारे विशाल स्वरूपों का शिकार किया था।

परन्तु शिकारी स्वयं ही शिकार भी था।

क्यों कि, मेरे बहुत सारे बाण, धनुष से सिर्फ मेरे ही वक्ष की खोज में छूटे थे।

और हवाबाज़ ही रेंगने वाला भी था।

क्यों कि, जब धूप में मेरे पंख फैलते थे, धरती पर उनकी छाया कछुवा बन जाती।

और मैं जो एक विश्वासी था तो अविश्वासी भी था।

क्यों कि प्रायः मैं अपने घावों को स्वयं ही कुरेदता था, ताकि मेरा तुम पर विश्वास और बढ़ जाये और मैं तुम्हें अधिकतम जान सकूं।

और इस विश्वास और ज्ञान के *अवलम्बन से* मैं कह सकता हूँ कि तुम अपनी देह तक सीमित नहीं हो, न ही तुम्हारे घरों तक या खेतों तक।

तुम वह हो, जो पर्वत से भी ऊपर निवास करते है और पवन के साथ भ्रमण करते है।

यह वो नहीं, जो गरमाहट पाने के लिए सूर्य की ओर रेंगती है, और सुरक्षा पाने के लिए अँधेरे में बिल में खोदती है।

बल्कि एक मुक्त काया है, एक चेतना जो धरती को ढके हुए है, और आकाश में गतिमान है।

अगर यह शब्द अस्पष्ट हैं तो, इन्हें स्पष्ट करने की कोशिश न करें।

सभी वस्तुओं का आरम्भ अनिश्चितता और धुंधलेपन से होता है, न कि उनका अंत।

और मुझे प्रसन्नता होगी यदि तुम लोग मुझे एक आरम्भ की भांति याद करोगे।

जीवन और जीवमात्र का *गर्भाधान* धुंधलेपन में ही होता है, न कि स्पष्टता में।

और कौन जानता है कि स्पष्टता धुंधलेपन का ही क्षर रूप हो?

जब मेरा स्मरण करो तो तुम्हें यह स्मरण रहेः

जो तुम्हें अपने अन्दर सबसे दुर्बल और व्यग्र सा प्रतीत होता है जान लो कि वह सबसे बलवान और दृढ़ है।

क्या यह तुम्हारा श्वास नहीं जिसने तुम्हारी हड्डियों को रचा है और उन को सुदृढ़ बनाया है?

क्या यह वह स्वप्न नहीं जिसने तुम्हारे नगर को रचा और उसमें उपस्थित वस्तुओं को आकार दिया, जो तुम में से किसी को भी याद नहीं ,कि देखा भी था?

अगर तुम उस श्वास की लहरों को देख पाओ तो तुम बाकी सब कुछ देखना भूल जाओगे।

और अगर तुम स्वप्न की फुसफुसाहट को सुन पाओ तो तुम कुछ और न सुनोगे।

पर तुम न देख पाते हो न ही सुन पाते हो और यह ठीक ही है।

वह पर्दा जो तुम्हारी आँखों को ढके है, उन्हीं हाथों से उठाया जायेगा जिन्होंने इसे बुना था।

और वह मिट्टी जो तुम्हारे कानों में भरी हुई है, उन्हीं उंगलिओं से छेदी जाएगी जिन्होंने इसे गूंथा था।

और तुम देखे पाओगे।

और तुम सुन पाओगे।

फिर भी तुम अब तक के अंधेपन का दुःख नहीं मनाओगे और न ही अपने बहरे होने पर पछताओगे।

क्यों कि उस दिन तुम उन सब में छुपे उद्देश्यों को जान लोगे।

और तुम अंधकार को भी वैसे ही आशीर्वाद दोगे जैसे प्रकाश को देते हो।

यह बातें कहने के बाद उसने अपने चारों ओर नज़र दौड़ाई और उसने देखा कि उसके जलयान का चालक संचालन सँभालते हुए कभी पूर्ण खुले पालों की ओर तो कभी सुदूर मार्ग की ओर देख रहा है।

और उसने कहा:

मेरे जलयान का कप्तान धैर्यवान, अति–धैर्यवान है।

पवन बह रही है और पाल बेचैन हैं।

यहाँ तक कि पतवार भी रास्ता पूछ रही है।

फिर भी मेरा कप्तान चुपचाप मेरी निस्तब्धता के इंतजार में है।

और यह मेरे मल्लाह, जिन्होंने महान समुद्र का समूह-गान सुना है, उन्होंने मुझे भी बड़े धैर्य से सुना।

अब वे अधिक प्रतीक्षा न करेंगे।

मैं तैयार हूँ।

वह नीरधि सागर तक पहुँच चुकी है, और एक बार पुनः महान माँ अपनी संतान को अपने सीने से लगाती है।

अलविदा, ओर्फलीज़ के लोगों।

यह दिन आज समाप्त होता है।

यह उस तरह ही मुंद रहा है जैसे नीलकमल अपने आने वाले कल के लिए मुंदता है।

जो भी आज हमें यहाँ दिया गया है उसे हम संभाल कर रखेंगे।

और अगर यह पर्याप्त नहीं है तो हम अवश्य पुनः एकत्रित होंगे और एक साथ उस दाता के आगे हाथ फैलाएंगे।

यह मत भूलना कि मैं तुम्हारे पास लौट के आऊंगा।

कुछ ही देर में, मेरी लालसाएँ किसी और शरीर को रचने के लिए धूल और झाग को एकत्रित करेंगी।

कुछ ही देर में, पवन पर विश्राम का एक क्षण, और कोई अन्य स्त्री मुझे जन्म देगी।

अलविदा तुमसे और उस यौवन से जो मैंने तुम लोगों के साथ बिताया है।

बल्कि यह एक बीता हुआ कल था जब हम स्वप्न में मिले थे।

मेरे एकांत में तुम लोगों ने मेरे लिए गीत गाये थे और मैंने तुम्हारी लालसाओं को समेट कर गगनचुम्बी मीनार बनाई थी।

पर अब हमारी नींद उड़ चुकी है और हमारे स्वप्न का अंत हो चुका है और अब वह भोर नहीं रही।

दोपहर हमारे सिर पर है और हमारी अर्ध-जाग्रति अब पूर्ण दिवस हो चुकी है, अब हमें जुदा हो जाना चाहिए।

यदि स्मृति की गोधूलि में एक बार पुनः मिले तो, हम एक बार पुनः मिलकर बातें करेंगे और तुम लोग मेरे लिए और भी गहरा गीत गाओगे।

और अगर किसी दूसरे स्वप्न में हमारे हाथ साथ होंगे तो हम एक नई गगनचुम्बी मीनार बनायेंगे।

यह कहते हुए उसने मल्लाहों को संकेत किया और उन्होंने तुरंत लंगर उठा दिया और जलयान के बंधन खोल दिये और वे पूर्व की ओर बढ़ चले।

और तब लोगों की चीख निकली ऐसा लगा जैसे कि वह एक ही ह्रदय से निकली हो, और वह सांझ की बेला में ऊपर उठी और सागर की तरफ यूं चली जैसे कोई ऊँची चिंघाड़ हो।

सिर्फ अ्लमित्रा ही मौन थी, वह जलयान को धुंध में ओझल होने तक टकटकी लगाकर देखती रही।

और जब सभी लोग बिखर चुके थे, तब भी वह अकेली सागर तट पर खड़ी अपने हृदय में उसकी कही यह बात याद कर रही थी:

"कुछ ही देर में, पवन पर विश्राम का एक क्षण, और कोई अन्य स्त्री मुझे जन्म देगी।"

www.ingramcontent.com/pod-product-compliance
Lightning Source LLC
LaVergne TN
LVHW091116150826
845673LV00002B/856

* 9 7 9 8 8 9 3 2 2 0 2 4 7 *